우리 곁에
왔던 성자

우리 곁에
왔던 성자

사람에게 행복을 주는 김수환 추기경 이야기

서교

일러두기 | 외래어 표기는 국립국어원 규정을 따르는 것을 원칙으로 하였으나
필요한 경우에는 용례에 맞춰 통일성 있게 표기하였습니다.

편집위원 | 고계연 김성호 김재홍 김정동 나권일(편집위원장)

김수환 추기경님 탄생 100주년을 맞아 그를 기리는 언론인들의 헌사를 모아 뜻 깊은 책으로 출간한 것을 마음 깊이 축하드립니다. 그리고 감히 여러분께 꼭 일독해 주시기를 권유합니다.

김 추기경님의 수많은 주옥같은 말씀 중에 제가 늘 금과옥조처럼 여기며 따르고 실천하려는 말씀이 하나 있습니다.

"당신이 태어났을 땐 당신만 울었고 당신 주위의 모든 사람들이 미소 지었습니다. 당신이 이 세상을 떠날 때엔 당신 혼자 미소 짓고 주위의 다른 이들이 모두 우는 그런 삶을 사십시오."

이 말속에 어떤 삶을 살아야 하는지에 대한 답이 구체적이진 않지만 선명하게 보이기 때문입니다. 저 같은 범인들에겐 물론 쉽지 않은 삶입니다만 적어도 추기경님의 여든일곱 해의 이 세상 삶은 그러했습니다.

대한민국의 산업화와 민주화, 그 용광로 같은 역사의 소용돌이 속 고비고비, 전환점마다 추기경께서 보여주신 소신과 결단, 울림 있는 용기는 참으로 경외롭고 존경스럽습니다.

1987년 민주화 운동의 한복판, 당시 시위대가 명동성당 대성전 안으로 피신해 있을 때 경찰이 강제진압을 하려고 하자 추기경께서는 이렇게 말씀하셨지요.

"경찰이 들어오면 맨 앞에 내가 있을 것이고, 그 뒤에 신부들, 그 뒤에 수녀들이 그리고 그 뒤에 학생들이 있을 것입니다. 그들을 잡아가려면 우리를 넘고 가십시오."

결국 경찰은 강제연행을 포기했고 6월 항쟁은 대통령 직선제 개헌을 이끌어내 민주화의 큰 분수령이 되었습니다. 당시 추기경님의 용기와 결단이 없었다면 어찌 되었을까요? 지금 생각해도 모골이 송연합니다.

저는 김수환 추기경님의 삶을 감히 이렇게 정의하고 싶습니다. 치우침보다는 균형, 배척보다는 포용, 강자보다는 약자, 나보다는 우리, 감정보다는 이성, 내세움보다는 겸손……

산업화와 민주화를 이루고 그 정반합의 마지막 습(synthesis)을 향해 가는 과정에서 그 어느 때보다 아픈 생채기를 겪고 있는 오늘의 대한민국에 추기경님은 강한 메시지를 주고 계십니다.

저는 아직도 2009년 2월의 어느 찬 새벽의 그 감동스러운 기억을 잊지 못합니다. 추기경께서 선종하시고 명동성당에서 일반인 추모객들의 조문을 받았지요.

당시 복사를 서던 초등학교 5학년 아들을 데리고 추기경님과 짧은 이별을 하려고 명동성당을 갔었는데 새벽 6시 반 이른 시간에 이미 줄이 명동역까지 이어졌습니다. 기다림에 대한 불평보다는 그분에 대한 사람들의 존경이 이 정도라는 것에 그저 놀라울 뿐이었습니다.

한참을 기다려 성당 안 제대 앞에 누워계신 그분을 뵈었습니다. 온화한 표정으로 우리를 맞아주셨습니다. 고백하건대 제가 김 추기경님을 가장 가까이서 대한 순간이 바로 마지막 가시는 길이었습니다.

추기경님이 이 세상에 오신 1922년 5월의 봄도 100년 후 오늘처럼 찬란했을 거라 생각하며 미소 지어 봅니다.

김수환 추기경님의 마지막 말씀으로 추천사를 갈음합니다.

"감사합니다. 서로 사랑하십시오."

이영준 | 가톨릭커뮤니케이션협회 회장·KBS PD

펴내는 글
··········

       보이지 않는 존재를 믿는 사람은 행복합니다. 달변이 아니라 침묵 안에 더 내밀한 언어가 있다는 것을 느껴본 사람, 내가 잘나서가 아니라 남들이 도와줘서 지금의 내가 있다는 것을 아는 사람은 행복합니다.

   가톨릭은 보편적이되 그 신앙은 개별적입니다. 그리고 아는 만큼 자랍니다. 각자의 삶 속에서 다양한 무늬와 나이테를 새기며 성숙해 갑니다.

   언론인은 진실을 알리고 정의를 지향하는 사람들입니다. 올바른 세상을 위해서 용기 있게 말씀하시던 김수환 추기경의 모습은 오랜 기간 언론계에 종사했던 우리 언론인들에게도 늘 귀감이 되었습니다. 이에 편집위원들은 100년 전 세상에 왔던 그분을 추모하고 기억하면서 그분의 궤적을 따라가 보고자 했습니다.

   13년 전 우리 곁을 떠난 김수환 추기경은 그들에게 또 하나의 예수였습니다. 그리고 더 많은 이들에게는 우러르고 싶은 큰 어른이자 참 종교인이었습니다. 우리 곁에서 함께 아파하고 힘들어했던 사람,

우리와 더불어 여든일곱 해를 살았던 그 사람을 만나러 갑니다. 아니 만나야 합니다.

온 천지에 봄이 한창입니다. 하지만 세상은 갈등과 분열이 많아 걱정이라는 분들도 계십니다. 그래서 김 추기경이 더 그립다는 말도 들립니다. 이 책을 읽는 시간이라도 행복한 세상을 만나시기 바랍니다.

고백합니다. 책을 기획하고 회의하고, 원고를 모으고 엮으면서 행복했습니다. 편집위원들 서로가 사랑의 마음으로 받아들이니 순간순간이 기쁨이고 배움이었습니다.

평화를 빕니다. 사랑합니다.

2022년 5월
편집위원 일동

차 례
·······

3 머리에서 가슴으로의 여행

사계절의 추기경님께

투명한 유리창으로 쏟아지는 햇살
차디 찬 어둠을 녹이는 봄 햇살의 밝음과
자연스런 포근함으로 우리에게
언제나 웃음과 사랑을 가르치신
'김수환 스테파노 추기경님'

당신은 봄을 닮은 농부이십니다.
봄의 농부가 되어 지혜의 밭에
부지런히 말씀을 뿌리시고
길 가던 나그네를 오게 하여
정다운 벗으로 섬기는 주님의 농부이십니다.

출렁이는 파도와 함께
넓고 푸른 가슴으로 열려 있는 바다.
하느님을 닮은 바다의 넉넉함으로
세상을 사랑하고 사람들을 사랑하는
당신은 여름을 닮은 사제이십니다.

여름의 열정으로 땀을 흘리며
일상의 희로애락을
모두 거룩한 미사로 봉헌하는
기도의 사제이십니다.

온 산에 붉은 단풍이 들고
강물이 마음을 적시는 가을
고요한 깊이와 평화로
한결같은 중용의 덕을 실천하시는
당신은 가을을 닮은 구도자이십니다.

해질녘에 들길을 거닐며
생각에 잠긴 시인,
진리를 탐구하는
철학자이십니다.

싸리 꽃 울타리에 저녁연기 피어오르는
고향집에서 떠난 자식을 기다리며
문을 열고 뛰어나갈 준비가 되어 있는
자비로운 아버지이십니다.

찬바람에 떨고 있는 이들에게
먼저 다가가 손 잡아주시는 위로자

상처받은 죄인과 함께 눈물 흘리며
괴로워하고 용서하는 치유자이십니다.

바람이 숨차게 언덕을 달려오고
산에 덮인 흰 눈이 침묵으로 눈부신 겨울
겨울에 숨어 있는 봄을 이야기하며
인내와 절제의 삶을 몸소 보여주신 분
때로는 불의에 맞서 날카로운 화살을 쏘는
당신은 겨울을 닮은 예언자이십니다.

모든 종파를 초월하여
널리 존경받고 사랑받으시는
만인의 연인,
시대의 별, 우리의 아버지.

당신이 계시기에
우리는 행복합니다.
당신이 계시기에
우리는 자랑스럽습니다.
사계절 내내 우리를 부르시는
하느님의 사랑 안에서
사계절 내내 행복하시고 건강하시길
어머니신 교회와 더불어 기도합니다.

"너희와 모든 이를 위하여"라는
추기경님의 하늘빛 지표를
우리의 가슴에도 깃발로 꽂고
나라와 교회와 이웃과 가족을
전심으로 사랑하며
깨어있겠습니다.

그리스도의 사랑 안에 승리하는
기쁨과 평화를 날마다 새롭게 가꾸어
당신께 선물로 드리겠습니다.

봄, 여름, 가을, 겨울의 하느님
찬미와 영광을 드립니다.
봄, 여름, 가을, 겨울의 추기경님
사랑과 감사를 드립니다.

이해인 | 클라우디아, 수녀, 시인 강원도 양구 출생. 올리베따노 성 베네딕도 수녀회 소속.
기도와 시를 통해 복음을 전한다. 평생 1000편이 넘는 주옥같은 시와 산문을 집필했다. 첫 시집
『민들레의 영토』 출간 이후 폭넓은 사람들의 사랑을 받고 있다. 최근 출간한 신작 『꽃잎 한 장처
럼』은 불안의 시대를 살아가는 이들에게 깊은 사랑, 위로, 치유, 기쁨, 희망을 안겨준다.

"

그리스도인들은 항상 반성과 회개를 통해 조금씩 우리 마음
한가운데 자리 잡은 하느님께 나아가고 예수를 닮아가야 합니다.

제1부 꿈속에서도 그리운 님

기도를 이해하려면 기도로써 무엇을
얻어 내려는 마음을 버려야 한다.
몇 분이고 몇 시간이고 진정 내가 나를
하느님의 뜻에,
그 손에 완전히 내맡겼느냐에 달려 있다.

기도로 무엇을 얻어 내자는
생각도 버려야 한다.
어려움 가운데도 성취한 것 같은
자만심도 버려야 한다.
더구나 누가 기도하고 있는 것을
보아주기를 바라는 생각도
없애야 한다.

01

행복 속으로
불행 밖으로

현인아

지금으로부터 10년 전, 회사(MBC) 교우회 한순애 리타
선배를 조용히 찾았다. "선배님, 저는 기도가 안 돼요. 어떻게 기도를
해야 할지 잘 모르겠어요." 그러자 선배는 미소 띤 얼굴로 이렇게 대
답했다. "라파엘라, 걱정하지 마! 남편이랑 좀 더 오래 살고, 아이들
이 더 크면 기도가 술술 나올 거야!"

그리고 2021년이 시작되자마자, 마침내 '기도가 절로 나오는 순
간'이 찾아왔다. 아내와 엄마 역할 수행에 빨간불이 들어오고, 팀장
을 맡은 팀에선 어이없는 방송사고가 잇따르고, 양가 부모님들께서
도 순식간에 환자가 되는 일들이 한꺼번에 불어닥쳤다. 기상캐스터
로 치면 일본이나 중국으로 갈 듯했던 태풍이 슈퍼 태풍으로 발달해
줄줄이 중부 서해안에 상륙하는 것 같은 '재난'이 잇달아 벌어진 것

이다. 그렇게 연초부터 몰아닥친 불행의 태풍은 내 영혼의 뿌리를 송두리째 흔들고 말았다. 똑바로 눕지도 못하고 모로 몸을 구부려 흐느끼던 순간. 『빗방울처럼 나는 혼자였다』라는 책 제목처럼 오롯이 혼자 땅으로 곤두박질치던 순간.

> 우리가 모든 것들을 잃어버렸다고 여기는 그때 우리를 구출하
> 는 순간이 찾아온다. 우리가 그토록 찾았던 그 문을 우리는 우
> 연히 두드리게 되고 그러면 마침내 문이 열리는 것이다.
> ㅡ 마르셀 프루스트 『되찾은 시간』 중에서

본당 전례단 신입 단원으로

결국 나는 7년 만에 여의도 본당에 스스로 찾아갔다. 그리고 처음 뵙는 신부님(홍성학 아우구스티노 주임신부)이 집전하시는 그 미사에서 한없는 위로를 받았다. 미사가 끝날 즈음 신부님께서는 전례단에서 신입 단원을 찾고 있다며, 그러나 오디션을 봐서 엄격하게 뽑을 것이라고 환하게 웃으며 공지하셨다. 그런데 그 말씀이 마치 나에게 하는 것 같았다. 내 안에서 무언가가 꿈틀거렸다. 따져 볼 틈도 없이, 마치 원래 계획에 있었던 것처럼 곧장 주보에 나온 연락처에 문자를 보냈다.

그로부터 2주 후, 난생처음으로 제대에 올라 전례 오디션이란 걸

본당 전례단에 참여하면서 필자의 신앙생활도 단단해졌다. 작은 사진은 가톨릭언론인들과 교분이 깊었던 홍성학 신부.

보았다. 그리고 어렵사리(!) 막내 단원이 되었다. 초겨울 추위가 매서 웠던 첫 전례 데뷔 날. 혹여 뉴스 리포팅 하듯이 성경 구절을 읽을까 봐 얼마나 노심초사했던지……. 미사를 어찌어찌 겨우 끝내고 어수 선한 틈에 전례단 선배가 다가와 내게 속삭였다. "은총 받을 거예요. 전례 하는 내내."

전례의 은총이었을까. 줄곧 냉담했던 큰딸 가브리엘라도 주일 미 사를 지키며 종종 새벽 미사도 드리게 됐고(심지어 고 2인데도) 매일 밤 9시에 온 가족이 모여 주모경을 바치게 됐으며, 마침내 친정어머 니도 '엘리사벳'이라는 세례명을 얻어 성가정을 완성하게 되었다. 그리고 지금 나는 실로 고백성사를 보는 마음으로 이 글을 쓰고 있다. 내가 감히 김수환 추기경에 관한 글을 쓴다는 게 사뭇 죄스럽게 느껴지기 때문이다.

"추기경과 악수한 손이야"

너무나 감사하게도 나는 김수환 추기경을 아주 가까이서 뵀었다. 무려 명동성당 집무실에 들어가 잠시 이야기를 나누었고, 손을 잡아주셨다. 심지어 "아휴~ 예쁘게 생겼네"라고 칭찬(추기경께서 거짓말을 하지는 않으셨을 거라고 믿고 싶다)까지 들었다.

그러나 너무나 아쉽게도 나는 당시에 신자가 아니었다. 그래서 그 순간이 일생일대의 고귀한 순간이었음을 그때는 짐작조차 하지 못했다. 그저 마치 TV 속에 나오는 연예인을 우연히 만난, 요즘 아이들 말로 한다면 이른바 '대박 사건' 같은 것이었다. 당시 집안 내 유일한 가톨릭 신자였던 외삼촌한테 "추기경과 악수한 손이야!"라며 오른손을 자랑했던 기억이 생생하다. 그때 나는 정확히 스무 살이었다.

1994년. 대학 2학년이 마무리돼 가던 겨울. 과외 선생 노릇에 좀처럼 재미를 못 붙이던 나는 마침내 적성에 맞는 아르바이트를 찾아냈다. '서울랜드'란 곳에서 외국인 공연자를 상대로 통역 일을 하게 된 것이다. '에버랜드'가 자연농원이었던 그때는 서울랜드가 자연농원이나 롯데월드에 버금가서 약간 과장하자면 서울의 디즈니랜드 급으로 가장 잘나가던 시기였다. 당시 3대 놀이공원은 방학에 맞춰 저마다 획기적인 퍼레이드나 놀이 기구를 들여와 대결을 펼쳤었다.

그리고 1994년, 그해 겨울에는 서울랜드가 압도적으로 승리했다. 무려 핀란드 산타 마을의 '공인 산타'를 섭외한 것이다. 그리고 지금 기준에서도 너무나 탁월했던 서울랜드 홍보팀은 신문과 방송 뉴스에 교묘하게 산타를 노출(정말 시대를 앞서가는 PPL이다)하기 위해 명동성당을 활용했다. 핀란드에서 온 산타와 김수환 추기경의 면담이 성사된 것이다. 이른바 '그림'이 되는 곳에, 미디어는 몰려들 수밖에 없었다.

그날 나는 산타의 통역으로서 그 자리에 있었다. 그날만큼은 추기경보다 푸른 눈의 '본토 산타'가 언론의 스포트라이트를 받았는데, 기자들은 무례할 정도로 산타의 정체에만 관심을 보여 그 추운 날 산타가 연신 식은땀을 흘렸다.(당시 핀란드 공인 산타는 6명이 있었는데, 본인의 나이와 본명을 밝히지 않는 것이 불문율이었다) 그 자리에 있는 사람 중 유일하게 산타를 온전히 산타로 대해주신 분은 바로 김수환 추기경이었다. 추기경께서는 성 니콜라우스(270~343, 산타클로스의 모델이 된 성 니콜라우스 대주교)가 돌아오셨다며, 아이와 같은 천진한 얼굴로 산타와 이야기를 나누었다. 꼬리에 꼬리를 무는 추기경 특유의 유머러스한 대화가 방 안의 기류를 한결 온화하게 바꾸었다.

어두움을 활짝 밝힌 사랑의 순간

이듬해인 1995년에도 루돌프 없는 본토 산타는 서울랜드로 돌아왔다. 그리고 그는 또다시 명동성당을 찾았다. 그러나 이번에는 서울랜드 홍보팀이 아니라 명동성당 홍보국이 최종 승자였다.

성탄 미사를 앞둔 12월 23일 밤. 추기경께서는 마구잡이식 철거가 시작된 봉천3동의 '꽃망울 글방'을 찾아 성탄 전야 축하 미사를 드렸다. 10여 평의 작은 공간. 어린이들과 이웃 주민 100여 명이 포개지듯 겨우 둘러앉은, 소박하다 못해 누추한 그곳에서 추기경께서는 "오늘 예수님이 이 세상에 오신다면, 가난한 곳에 소박한 곳에 우리 지금 봉천3동처럼 많은 사람이 어려운 가난 속에서 사는 이런 동네에 태어나실 것이다"라고 말씀하셨다. 그리고 "예수님께서 인간 세상에서는 좀 푸대접을 받고 소외된 그런 사람들과 더 가까이 계십니다"라고 덧붙였다. 그리고 미사가 끝날 무렵 추기경께서는 아이들에게 평생 잊지 못할 선물을 나눠주었다. 핀란드 본토 산타가 "안녕 핫쎄요~"를 외치며 등장한 것이다.

붉은 옷을 입은 두 할아버지는 아이들을 모두 안아주고, 그들의 작은 손에 일일이 선물을 들려주었다. 평소 가난한 이를 품지 못하고 계속 못 살게 밀어내는 사회는 축복받을 수 없고, 서민들로부터 삶의 의욕을 빼앗아 가는 사회는 번영할 수 없다고 강조했던 추기경. 봉천동 산꼭대기, 하느님 나라와 조금 더 닿아 있지만, 외면받은 사람들

봉천3동 '꽃망울 글방'을 찾아 성탄전야 미사 후 선물을 나눠주는 김 추기경.

을 보듬어준 추기경의 모습은 그날 밤 'MBC뉴스데스크'를 통해 전
국으로 퍼져나갔다. 시청률 20%를 가뿐히 넘기던 시절이었다.

　유난히 춥고 어둑했던 달동네의 좁은 골목. 하지만 그곳을 밝혔던
아이들의 미소, 그리고 그곳을 감쌌던 추기경의 따스한 말씀은 '기적
의 순간'으로 그 자리에 함께 한 모든 이의 가슴에 아로새겨졌을 것
임이 분명하다.

오늘, 그분이 시리도록 그립다

　이 글을 마무리하는 동안 나의 아버지 현 요셉께서 갑작스레 선종
하셨다. 오래 편찮으셨다고 해도, 아버지와 작별할 채비가 전혀 돼

있지 않았음을, 새벽 3시 중환자실 복도 앞에서 엎드려 부복한 자세로 깨닫게 되었다. 단 한 번도 겪어보지 못한 낯선 상실감이, 절망이 나를 쓰러뜨렸다. 거센 바람이 다시 내 마음 깊은 곳으로 불어 들었다. 그러나 그사이 나를 포근히 안아주신 주님, 신부님과 수녀님 그리고 교우들의 기도가 응결하듯 나를 단단히 붙잡아 주었다. 유머만큼은 추기경 못지않았던 나의 아버지 현 요셉. '천주교 용인 공원묘원'에 모신 아버지의 묘소는 추기경의 묘소가 있는 언덕 바로 아래 있다. 나는 역세권이 아니라 '추세권'에 아버지를 모셔서 든든하다고 실없는 농담을 하곤 한다.

삼우 미사를 끝내고 다시 아버지를 뵈러 간 날, 언덕 가장 높은 곳에 계신 추기경을 근 30년 만에 찾아뵙고 인사를 드렸다. 막내딸 미카엘라는 추기경께 "할아버지의 영원한 안식을 위해 기도해 주셔요"라고 편지를 써서 성직자 묘소 앞 기도 지향함에 넣었다. 할아버지가 재밌는 분이라는 이야기를 덧붙이며⋯⋯.

주변의 기도가 내 마음을 단단하게 잡아주어도, 불현듯 마음이 갈피를 못 잡고 일렁일 때면 추기경의 신앙고백(김수환, 『우리가 서로 사랑한다는 것』, 사람과 사람, 1999)을 들춰본다. 한 달 동안 피정하며 주님과 나누었다는 은밀한 그 대화.

주여, 저는 이것저것 생각하지 않겠습니다. 주님께 대한 저의 사랑도 재지 않겠습니다. 그저 주님만 바라보고 주님과 함께 걸

어가겠습니다. 어디로 가시든지, 인도하시든지 주님과 함께 걸
어가고 싶습니다. 주여, 저를 받아 주소서. 본시 모든 것이 당신
의 것이오니, 있는 그대로 당신께 맡깁니다. 생긴 그대로 바칩
니다.

기도문을 외우듯 추기경의 고백서를 마음으로 읽고 새긴다. 이것
저것 생각하지 않고, 있는 그대로 주님께 맡길 수 있기를. 아멘.

이해인 수녀의 표현처럼 '세상에서 우리에게 길을 안내하고, 마침
내 길이 되어 하늘로 떠난 분'. 우리의 영원한 추기경. 곁에 있지 않
아도 존재 자체가 위로인 분. 사회가 외면한 사람들을 두루두루 돌보
면서도 항상 미안하다고 하신 분. 가장 엄혹했던 순간에도 홀로 목소
리를 내신 분. 진실을 꿰뚫는 말씀이 항상 뉴스가 되었던 분. 따스한
유머로 상대방을 웃게 하던 분. 잔뜩 얼어 구석에 앉아 있던 스무 살
의 내게, 예쁘다는 말로 긴장을 풀어주신 그 배려가, 그분의 너그러
운 미소가 시리도록 그립다.

02

아무도 없는
공소의 감실 앞에서

김
후
호
정

김수환 추기경께서 살아계셨다면 올해로 100세가 된다. 100년 전, 오늘을 생각해 본다. 일본 제국주의의 수탈과 억압에 시달리는 식민지 국가. 그 힘없고 작은 나라의 궁벽한 산골. 그곳에서 가난한 옹기장수의 5남 3녀 중 막내아들로 태어난 작은 생명. 훗날 그 작은 생명이 일궈낸 일들을 보노라면 말할 수 없는 신비를 느낀다.

사실 나는 김수환 추기경을 가까이서 뵌 적은 없다. 그러나 추기경의 말씀 한마디, 행동 하나하나가 내 인생의 중요한 시기, 중요한 결정에 많은 영향을 미쳤다.

내가 태어난 곳은 우리나라 3대 오지로 불리는 곳 중 하나인 경상북도 영양이다. 추기경이 어린 시절 그랬던 것처럼, 나 역시 '저 산

너머에는 무엇이 있을까', '저 신작로를 따라가면 어디에 가닿을까' 하는 상상을 하곤 했다.

궁벽한 산골 마을이었지만 부모님과 형제자매, 일가친척들이 이웃해 살면서 가난했지만 따뜻했고, 푸근하고, 풍요로웠다. 나는 그곳에서 초등학교와 중학교를 다녔다. 고등학교 진학을 두고 부모님은 내가 멀지 않은 지방 소도시의 여자고등학교에 가길 원하셨다. 하지만 나는 더 큰 세상, 더 큰 도시로 나가고 싶었다. 부모님은 그 큰 도시에 돌봐줄 사람도 없이 혼자 하숙이나 자취를 해야 한다며 강하게 반대를 하셨다.

산골마을에서 대도시 고등학교로

하지만 나는 끝까지 고집을 꺾지 않고 대도시 인문계 고등학교에 진학했다. 하지만 입학 첫날부터 고교 졸업 때까지 3년 내내 대학 입시에 대한 압박과 중압감에 시달렸다. 무척이나 기대를 가졌던 고교 생활은 책이나 TV에서 보던, 갈래머리에 교복 칼라의 하얀색 깃을 나부끼며 교정에서 친구들과 이야기를 나누고 나무 그늘에서 책을 읽는 그런 모습은 상상할 수도 없었다. 내가 배정받은 학교는 과거에는 지역의 문제아들만 다닌다는 학교였다.

그러나 고교 평준화로 인문계 고등학교로 전환한 뒤 재단은 벼락 명문으로 학교를 키워야겠다고 생각했는지 아침부터 밤까지 학생들을 잡아놓고 엄청나게 시험공부를 시켰다. 심지어 학교 건물도 짓는 중이어서 거친 콘크리트 외벽과 철골이 그대로 나와 있는 건물에서 1학년 때는 지하 1층, 2학년 때 1층, 3학년 때는 2층 교실에서 수업을 했다. 또 도시 외곽, 허허벌판에 학교를 신축 중이어서 학교 진입로까지 도로포장이 되어 있지 않았다. 비나 눈이 올 때는 장화 없이는 다닐 수가 없었다. 전통 있는 명문여고 입학을 꿈꾸며 부모님의 반대를 무릅쓰고 대도시로 나왔건만 배정받은 학교는 시골에서 내가 다니던 초등학교, 중학교보다 환경이 열악했다.

미사보가 내 머리 위에 씌워졌을 때

성적도 말이 아니었다. 중학교 때까지만 해도 동네에서 알아주는 영특한 여학생이었는데, 이제는 반 평균을 깎아먹는 문제 학생이 되고 말았다. 나를 알아주는 사람도 없었다. 낯설고 각박한 대도시의 환경과 외로움, 성적에 대한 압박은 나를 무척이나 불안하게 만들었다. 만원 버스에 매달려 등교를 하면서 이대로 교통사고라도 나서 죽었으면 좋겠다는 생각을 할 정도였다. 그러던 차에 친구가 자신이 다니는 성당에 나를 데리고 갔다. 6개월의 예비신자 교리과정을 마치고 성탄 무렵 영세를 받았다. 물로 이마를 씻고 십자가가 그어질 때, 하얀 미사보가 내 머리 위에 씌워졌을 때의 느낌은 지금도 생생하다. 마치 갓 태어난 아기가 포근한 강보에 싸인 느낌, 잘 삶은 달걀의 껍

질을 벗겨 헹궈 놓은 듯한 맑고 깨끗한 의식이 나를 사로잡았다.

주일미사와 성당 중·고등부 활동은 내게 많은 위로와 자극, 새로움을 안겨 주었다. 그로 인해 학교생활도 나아지고 성적도 조금씩 올라갔다. 여름방학을 맞아 성당 중·고등부와 대학생부, 학부모님들까지 참여하는 합동 수련회가 있었다. 조별 모둠으로 예수님의 수난사에 대한 역할극을 하고, 묵상과 십자가의 길, 촛불의식도 가졌다. 그때 대학생 언니가 한국 가톨릭교회와 김수환 추기경을 위한 기도를 드렸다. 나는 친구에게 김수환 추기경이 누구냐고 물었다. 친구는 자신의 고향에서 태어나신 신부님이신데 엄청 훌륭한 분이라고 했다. 그러면서 그분이 자신은 얼굴이 못생겨서 신부가 안 됐으면 장가도 못 갔을 거라고 했다며 깔깔 웃었다.

박정희 대통령 서거, 전두환 신군부의 등장, 5·18 광주민주화운동, 비상계엄 등 일련의 사건들이 고등학교 시절에 일어났다. 무장한 군인들이 도심 거리를 지키고 있는 것을 봤지만, 그것이 무얼 의미하는 건지는 몰랐다.

고교 3년의 생활은 길고 힘들었다. 마침내 학력고사를 치르고 고향집에서 겨울을 보내고 있었다. 집안 분위기가 예전 같지 않게 썰렁했다. 부모님이 언성을 높이며 다투는 소리가 자주 들렸다. 객지에서 학교에 다니느라 몰랐는데, 그동안 우리 집은 물론 집안 대소가에 엄청난 일이 있었다는 것을 알 수 있었다. 그즈음 영양 일대에는 불량 씨감자 파동과 안동 가톨릭농민회 오원춘 씨의 양심선언 사건으

로 벌집을 쑤셔놓은 듯 난리가 났다. 그 사건의 여파는 우리 집에까지 영향을 미쳤다. 영양군 단위농협들이 감사를 받게 됐다. 농협 책임자였던 오빠는 당국의 감사를 받고 있었다. 종손을 살려야 한다며 온 집안이 나섰다. 당국은 회수하지 못한 농가 부실 대출의 책임을 오빠에게 묻고 있었다. 마을의 문전옥답을 팔고, 신작로 주변의 밭을 팔고, 선산까지 잡혔지만, 밑 빠진 독에 물 붓기였다. 부모님은 이 일로 평생 애쓰며 살았던 일이 헛일이 됐고, 앞으로 살아갈 길도 막막해 기력을 잃고 깊은 절망에 빠졌다.

파도에 휩쓸리는 조각배의 선장

원하는 학교와 학과는 아니었지만 나의 대학생활은 시작됐다. 수업하는 날보다 휴강하는 날이 더 많았다. 그날도 수업에 맞춰 학교에 갔으나 헛걸음을 하고 자취방으로 돌아왔다. 주인집 아주머니가 나를 보더니 얼른 서울대병원으로 가보라고 하셨다. 어머니가 위독하셔서 새벽에 올라와 응급실에 계신다고 했다. 병원으로 가는 시내버스 안, 나는 종잡을 수 없는 불안에 휩싸였다.

임신부처럼 배가 부풀어 오른 엄마가 거친 숨을 몰아쉬고 있었다. 잠든 엄마의 얼굴이 전에 없이 새까맸다. 두 손은 바람이 꺼진 풍선처럼 쭈글쭈글하고 힘이 없었다. 병실 창밖으로 창경궁이 내려다보였다. 엄마는 병마와 싸우고 있는데 창문 밖 창경궁의 놀이 기구는 나들이객을 태우고 신나게 빙빙 날아오르는 모습을 보며 삶의 아이러니와 부조리함이 느껴졌다.

엄마는 한 달 정도 입원해 계셨다. 복수에 물이 빠지자 호흡이 편안해져 살 것 같다고 하셨다. 그러면서 집안 살림과 농사 걱정에 퇴원을 재촉하셨다. 병원에서도 많이 좋아졌으니 집으로 가서 몸조리만 잘하면 된다고 했다. 나는 기적이 일어났다고 좋아했다. 그러나 퇴원 후 두 달이 안 돼 돌아가셨다. 그 충격으로 아버지마저 쓰러지셨다.

하루아침에 가장이 된 나는 거대한 파도에 휩쓸리는 조각배의 선장이 된 기분이었다. 슬퍼할 겨를이 없었다. 당장 닥친 현실의 문제를 어떻게 헤쳐 나가야 하나 그 생각밖엔 없었다. 가을걷이도 못한 논밭의 농작물을 거두고, 부모님을 대신해 집안 살림을 정리했다. 앞날에 대한 두려움이 시시각각 밀려왔다.

그때 어디에선가 본 김수환 추기경의 이야기가 생각났다. 추기경도 산적한 문제와 해결하지 못한 많은 일들로 불면의 밤을 보낸다고 하셨다. 그때마다 제단 앞에 서서 하느님께 힘을 주십사, 지혜를 주십사 간구한다고 하셨다.

나는 아무도 없는 공소의 감실 앞에서 하느님께 간청했다. 내게 힘을 주소서. 내게 용기를 주소서…….

신학기 서점은 무척이나 분주했다. 나는 학업을 미뤄둔 채 서점에서 아르바이트를 하고 있었다. 그러던 중 경향신문 사원 모집 공고를 받고 면접을 보러 갔다. 새문안교회를 지나 경향신문으로 향하는 육교 앞에서 발걸음을 멈췄다. "주님 저곳에 합격만 시켜주시면 당신 뜻대로 살겠습니다." 너무나 간절한 나머지 저절로 기도가 나왔다.

나는 나로서 아름다운 꽃을 피울 것

1986년 4월 1일. 경향신문에 첫 출근한 날이다. 신문사의 풍경은 낯설고 어수선했지만 역동적이었다. 젊은 기자들의 패기와 선배들의 노회함이 창과 방패처럼 부딪치는 날이 많았다. 하지만 긴장과 자극, 성장과 발전을 꿈꾸게 하는 곳이었다. 그곳에서 나는 가장 작고 낮은 자리에서 주어진 일을 묵묵히 수행했다. 유능한 동료들에게 위축되고 주눅이 들었지만 추기경께서 강론 등에서 자주 인용한 사도 바오로의 '사랑의 찬가'를 떠올리며 견뎠다. 오래 참고 견디다 보면 언젠가 나는 나로서 아름다운 꽃을 피울 거라는 믿음을 가졌다.

부천서 성 고문 사건, 서울대생 박종철 군 고문 사망사건, 6월 항쟁, 두 전직 대통령의 구속, 외환위기 등 현대사의 파란 속에 우리 사회는 말할 수 없는 분열과 증오, 빈부격차, 기망과 거짓이 횡행했다. 무엇이 옳고 그른지 판단이 되지 않았다. 그럴 때마다 나는 추기경의 입을 바라봤다. 추기경께서 무슨 말씀을 하시는지, 무엇이 옳은 일인지 추기경께서 가리키는 방향을 보려고 애썼다. 그것은 곧 진실로 중요한 것이 무엇인지, 가치 있는 삶을 살기 위해 어떻게 해야 하는지에 대한 끊임없는 질문과 성찰, 몸부림이기도 했다. 그렇게 추기경은 내 삶 속에 들어왔다.

2009년 2월 16일, 추기경께서 돌아가셨다. 그렇게 빨리 가실 줄은 몰랐다. 가시는 길에라도 뵈려고 아침 일찍 명동성당을 찾았다. 살아계실 때 가까이서 직접 뵙지 못한 게 너무나 아쉬웠다. 조문을 하고 나와서도 왠지 허전해 성당 주변을 배회했다. 명동거리를 지나 중앙극장에서 회사까지 걸었다. 추기경에 대해 묵상하며 감사 기도를 드렸다. 김수환 추기경께서 선종하신 지 13년, 살아계실 때보다 더 자주 추기경을 만난다. 추기경께서 남긴 글과 말씀, 겸손하고 소탈하신 모습이 그때나 지금이나 내게 큰 울림을 준다.

03 5일간의 장례
그 시간들은 기적이었다

허영엽

누군가를 기억한다는 것은 단순히 과거를 회고하는 것이 아니라 현재의 의미를 되새기고 미래의 지향을 두기 위함일 것이다. 요즘같이 평화가 간절하고 생명의 가치, 사회의 통합, 화합과 이해, 공존과 인정이 필요한 시대에 더욱 그 어른에 대한 그리움이 큰 것 같다. 특히 우리 사회의 큰 어른이 필요한 시기라서 더 그런 생각이 드는지도 모르겠다.

김 추기경이 선종하시기 일 년 전으로 기억된다. 한 방송사 PD가 찾아와 내게 이런 질문을 했다. "만약 신부님이 김 추기경을 위한 프로그램을 만든다면 무엇을 주제로 하시겠습니까?" 당시 많은 언론에서 입·퇴원을 반복하고 계신 김 추기경의 특집 프로그램을 미리 준비하고 있었다. "글쎄요, 저라면 추기경의 인간적인 면을 집중적으로

다룰 것 같습니다. 겸손함이나 따뜻한 마음이 좋을 것 같네요. 그리고 그분의 유머감각도요."

김 추기경은 겸손한 성품을 가지셨고, 누구와도 대화를 나누실 수 있는 분이라고 생각한다. 누구와 대화를 나누더라도 그 순간만큼은 온통 그 사람에게 집중하는 모습은 참 경이롭기도 했다.

1987년 대학생들이 반정부 시위를 하다 경찰에 쫓겨 명동성당 구내로 들어온 적이 있었다. 그 학생들은 오랫동안 명동 구내에서 농성을 벌였다. 김 추기경께서는 정부측과 대화를 시도하셨다. 학생들이 농성을 풀고 집으로 돌아갈 수 있도록 무사귀환을 연결해 주시려 했다. 그러려면 농성 중인 학생들이 그 제안을 받아들여 주어야 했다. 당시 경찰이 명동성당 구내로 병력을 투입해 진입하려 한다는 소문이 파다했다. 실제로 그런 작전이 짜여졌고 경찰은 명령이 떨어지기만 기다리고 있었다. 그렇게 되면 학생들과 경찰의 충돌과 피해가 불 보듯 뻔했다.

하염없이 문밖에서 반 시간을

그때 김 추기경께서 학생들이 농성 중인 코스트홀 대회의실을 방문했다. 대학생들은 외부인의 출입을 막기 위해 문을 걸어 잠근 채 농성을 풀 것인지, 농성을 이어갈 것인지를 놓고 자유토론을 벌이고 있었다. 김 추기경은 그 회의실 앞에서 하염없이 기다리셨다. 김 추기경에겐 단 한 가지 생각뿐이었다. '더 이상 젊은이들이 다치거나 죽거나 해서는 안 된다.' 추기경이 하염없이 기다리자 학생 관계자들과 주위 사제들이 송구하다며 연신 주교관으로 가실 것을 종용했다. 일부 신자들은 학생들이 허락도 없이 무작정 성당을 점거하고 추기경님을 못 들어오게 한다며 소리를 지르기도 했다. 그러나 김 추기경은 엷은 미소를 띠시고 족히 반 시간 넘게 기다리시다 토론이 끝나자 들어가 학생들을 만나 이야기를 나누셨다.

또 하나 생각나는 것은 김 추기경의 가난한 삶이다. 그분은 스스로 가난하게 사시려고 무척 노력하셨다. 김 추기경께서 선종하셨을 때 나는 서울대교구 홍보 책임자여서 하루에 두 번 기자들 앞에서 브리핑을 했다.

첫 번째 브리핑 때였다. 장례준비에 대해서 발표를 하고 기자들의 질문을 받았다. 지금도 기억나는 첫 질문이다. "김 추기경님이 남기신 유산은 얼마나 됩니까?" 나는 그 질문에 당황했다. 전혀 예상하지 못했던 질문이었기 때문이다. 나는 자세하게 알아보고 오후 브리핑 시간에 알려주겠다고 대답했다. 잠시 후 비서 수녀님에게 전화를 걸었더니 자세하게 대답을 해주었다.

"김 추기경 이름으로 돼있는 통장은 없어요. 비서 수녀인 제가 모든 재정을 관리했는데, 잔액이 천만 원이 조금 안 되는 것 같아요. 그리고 추기경께서 당신이 선종하면 미사에 오는 사람들에게 묵주를 선물하라고 하셨어요. 그 대금을 지불하고 나면 모자랄 것 같아요.

교구에서 도와주셔야 할 것 같은데요…….” 나는 그 말을 듣고 자꾸 목이 메어 서둘러 전화를 끊었다. 그분은 아무것도 남기지 않으셨다. 나는 오후에 기자들에게 이 사실을 그대로 알렸다.

직접 그린, 바보 상징이 된 그림

선종하시기 전 병실에서 만난 김 추기경의 마지막 모습이 아직도 눈에 선하다. 김 추기경은 낮인데도 하루 종일 잠을 자고 계셨다. 잠 드신 모습이 아주 편안하게 보였다. 벽에는 김 추기경이 직접 종이에 그린 그림들이 붙어있었다. 나중에 바보 상징이 된 그림도 걸려있었 다. 그때의 추기경과의 만남이 마지막이 되었다.

“우리가 사랑하고 존경하는 김수환 추기경께서 2009년 2월 16 일 오후 6시 12분에 우리 곁을 떠나 하느님 품 안에서 선종하셨습니 다.” 나는 김 추기경의 선종 소식을 많은 기자들 앞에서 알렸다. 선종 메시지를 발표하는 동안에도 편안하게 잠들어 계시던 모습이 자꾸 떠올랐다.

　김수환 추기경이 선종하신 후 애도의 인파가 명동 주위를 둘러싸고 끝없이 돌아 장관을 이루었다. 아무도 생각하지 못했던 광경이었다. 추기경과 마지막 작별 인사를 하려는 많은 사람들의 발길이 한밤중에도 그치지 않았다. 그때 나는 한 방송국과 인터뷰를 통해 "추기경님 장례 닷새를 표현한다면 어떻게 이야기할 수 있나"라는 질문을 받았다. 난 주저 없이 "그 시간들은 기적이었다"고 말했다. 지금 생각해도 5일간의 장례는 주님께서 함께하시는 강한 체험이었다. 평생 잊을 수 없는 장면이 되었다.

"실수하면서 배우는 거야. 나도 그랬어"

　내가 그분을 처음 만난 것은 신학대학 1학년 때였다. 학보사 기자였던 나는 편집장 선배의 김 추기경 인터뷰에 동행했다. 인터뷰 내용은 교황 선거에 관해서였다. 우리나라 역사상 처음으로 교황 선거에 참여하고 김 추기경께서 막 귀국하셨을 때였다. 신학생들이 교회의 최고 지도자인 추기경을 만나는 것은 쉬운 일이 아니었다. 성사 가능

성은 별로 없었지만 무작정 비서실에 인터뷰를 부탁했고 놀랍게도 며칠 후 연락을 받은 것이다. 막상 추기경을 만난다고 생각하니 우리는 몹시 긴장했다. 명동 집무실에서 처음 만난 김 추기경은 우리를 따뜻하게 맞아주셨다. 그러나 인터뷰에 들어가사 우리는 실수를 연발했다. 질문에서 사용한 라틴어 단어도 틀린 것을 몰랐을 정도로 긴장했다.

그러자 그분은 빙그레 미소를 지으며 틀린 단어를 교정해 주시고는 "기사를 쓰려면 이런 것을 질문해야 하지 않아?"라고 하셨다. 지금 생각해도 얼굴이 화끈거린다. 그런데도 그분은 한 시간가량 마치 오래된 벗처럼 우리와 격의 없이 대화를 하셨다. 헤어지면서 우리는 준비가 소홀해 죄송하다고 말씀드렸다. 그러자 김 추기경은 "처음부터 잘하는 사람이 어디 있어? 누구나 실수하면서 배우는 거야. 나도 그랬어"라고 말씀하시는 것이 아닌가. 그 말씀 한마디로 잔뜩 얼어있던 우리들의 마음은 어느새 봄날처럼 풀렸다. 우리는 인터뷰 끝에 추기경께 사진촬영을 위해 정장을 입고 포즈를 취해주시기를 요청드렸다. 추기경께서는 흔쾌히 옷을 갈아입고 나오셨는데, 그만 바지 단추가 제대로 잠기지 않은 상태였다. 그러자 김 추기경님은 "남대문이 열렸네!" 하시며 파안대소를 하셨다. 우리 신학생들도 같이 웃었다. 너무나 인간적인 면을 지니셨던 분이었다.

김 추기경은 은퇴하신 후 강의나 강론 때 꼭 유머로 시작하셨다. 시중에 유행 중인 유머를 기억하셨다가 꼭 사용하셨다. 김 추기경은 어느 자리에서든 유머로 분위기를 풀어주시려고 하셨다. 사람들에게 더 친근하게 다가가시려는 그분의 노력이었다고 생각한다.

"천 원짜리 몇 장 있나? 차비가 없어서⋯⋯."

내가 대신학교 4학년 때였다. 당시 나의 형님이신 허근 신부가 교구장인 김 추기경의 비서 신부로 교구청에서 일하고 있었다. 어느 주일 오후에 형님 신부의 숙소에서 함께 이야기를 나누고 있었다. 그런데 누군가 방문을 두드렸다. 열어 보니 김 추기경이 서 계셨다. 형님이 신학생 동생이라며 나를 소개하자 아주 다정하게 손을 잡아주셨다. 그러고는 형님 신부에게 "허 신부! 천 원짜리 몇 장 있나? 택시를 타야 하는데 차비가 없어서⋯⋯." 잠시 후 김 추기경은 형님이 드린 천 원짜리 몇 장을 쥐고서 외출하셨다. 뚜벅뚜벅 걸어가던 그분의 뒷모습이 지금도 생생하다.

김 추기경을 기억할 때 떠오르는 장면은 항상 따뜻하게 사람들을 대하셨던 모습이다. 김 추기경께서 은퇴하신 후 머무시던 혜화동 주교관을 찾아가 추기경을 만났을 때였다. 한 방송사에서 요청한 김 추기경 인터뷰를 논의하기 위해서였다. "허 신부, 만약 자네 같으면 어떻게 하겠나?" 그때도 김 추기경은 나에게 먼저 질문을 하시고 내 의견을 구하셨다. 그분은 내 이야기를 한참 동안 말없이 경청하셨다. 그리고 나중에 당신의 의견을 말씀하셨다.

경청하는 모습은 그분에게 나도 참 배우고 싶은 점이다. 나는 유학을 한 덕분에 다른 사제들보다 김 추기경과 몇 번 더 독대할 수 있는 기회가 있었다. 그때 그분은 온전히 내게 집중한다는 느낌을 받았다. 또한 "자네는 어떻게 생각해?" 하면서 연신 나의 의사를 묻기도 했다. 놀라울 정도로 솔직하게 대화를 하셨다. 그리고 상대방의 의견을 최대한 존중하려고 노력하셨다. 그런 그분의 모습이 나에게는 무척 감동적이었다. 사제들에게 강조되는 "한 번에 한 사람이라는 것"이 실감났다.

언젠가 김 추기경께서는 "사랑이 머리에서 가슴으로 내려오는 데 70년이 걸렸다"는 말씀을 하셨다. 그래서 나는 추기경께 "사랑이 부족하다고 느낄 때, 그리고 나 자신의 사랑이 가난하다고 느낄 때 추기경께서 한 말을 기억하며 마음을 다잡는다"라고 말했다. "그러고 보면 나이 드는 게 나쁜 것만은 아니야." 내 말에 김 추기경은 예의 함박웃음을 띠고 말씀하셨다. 그렇게 겸손하셨다.

직함 없이 '김수환'으로 적힌 편지

김 추기경은 사제들에게 자주 편지나 카드를 직접 써서 보내주셨다. 때로는 편지에 당신의 인간적인 느낌을 아주 솔직하게 써주시기도 했다. 외국에 유학 중이던 나는 동생 신부의 사제 서품을 앞두고 귀국 허락을 요청하는 편지에 내 소감도 썼던 것 같다. 그때 김 추기경은 답장을 바로 주셨다. 추기경께서는 다정한 안부와 함께 내 글을 읽고 추기경의 형님 신부(김동한 신부)가 동생인 자신을 어떻게 생각했는지를 새롭게 알게 되셨다는 내용이었다. 당시에 추기경의 솔직한 감정의 글을 읽고 가슴이 먹먹해졌던 기억이 있다.

김수환 추기경께서 선종하신 날 밤, 나는 추기경이 보내주셨던 편지를 다시 찾아보았다. 제일 먼저 눈에 띈 것은 지난 2002년 어머니를 떠나보낸 우리 형제들에게 친필로 보내주신 편지였다. 몸이 많이 아파서 장례미사에 참석을 못 해서 미안하다는 말씀과 함께였다. 내가 가지고 있는 김 추기경의 편지들은 모두 직함 없이 그냥 '김수환'으로 적혀있다. 격의 없고 권위적이지 않은 모습이 친근하게 느껴진다. 늘 다정하고 잘 웃어주시던 김 추기경님, 그분의 바보 웃음이 그립다.

04 꿈속에서도
그리운 님

류
철
희

김수환 추기경 제삿날인 2월 16일 새벽에 일어나 묵주
기도 5단을 바치고, 6시에 시작되는 미사에 참례하며 조용히 김 추
기경과 나와의 인연을 차근차근 돌아보았다. 그가 집전하는 미사나
공적인 자리에 참석한 일 말고는 사사로이 만난 일이 거의 없는 터라
쓸 얘깃거리가 많지 않아 안타까움이 앞섰다. 집에 돌아와 나의 수호
성인인 바오로 사도 상을 앞에 모셔놓고 생각에 잠기니 추기경께서
손수 옮기셨고, 자주 외우셨다고 들은 '독일 어느 노인의 시'가 떠올
랐다.

세상에서 으뜸인 일은

기쁜 마음으로 나이 먹고

일하고 싶지만 참고

말하고 싶지만 침묵하고

실망스러워질 때 희망을 갖고

마음 편히 공손하게 내 십자가를 지는 일.

젊은이가 힘차게 하느님 길을 가도 시기하지 않고

남을 위해 일하기보다

겸손되이 남의 도움을 받으며

몸이 약해 아무 도움을 줄 수 없어도

온유하고 친절한 마음을 잃지 말자.

늙음은 무거운 짐이지만 하느님께서 주신 선물

오랜 세월 때 묻은 마음을

세월의 무게를 담아 마지막으로 닦는다.

내 고향으로 돌아가려고……

이 세상에서 나를 묶어놓은 끈을 하나씩 하나씩 끊는 것은

참 잘하는 일이다.

세상에 매어 있지 않아 아무것도 할 수 없게 되면

겸손되이 받아들이자.

하느님께서는 마지막으로

'기도'라는 가장 좋은 것을 남겨 두신다.

손으로는 아무것도 할 수 없어도

두 손 모으면 늘 할 수 있는 기도.

꿈속에서도 그리운 님

사랑하는 모든 이를 위해
하느님께서 은총을 베푸시도록 빌기 위해
모든 것이 다 끝나는 날
"어서 와, 친구야 너를 결코 잊지 않았어."
임종 머리맡에서 속삭이는 하느님을 만나게 될 것이다.

잘 모르긴 해도 추기경께서는 이 시를 자주, 특히 교구장 자리를 내어놓고 혜화동 주교관에 사시면서 마음속으로 많이 읊으셨을 것 같다. 그만큼 이 시는 은퇴 생활을 하는 노인들의 마음을 절절히 담았고, 더해서 종교적인 분위기를 풍기기 때문이다. 또한 임종의 순간 머리맡에서 "어서 와, 친구야 너를 결코 잊지 않았어"라며 따뜻하게 웃으시는 하느님을 상상하는 그만큼 참고 침묵하고 십자가를 지는 겸손한 늙음을 감사히 받드는 순명의 깊이가 느껴지기 때문이다.

겸손한 늙음을 감사히 받드는

내가 '추기경'이라는 말을 처음 들은 때가 1969년 봄, 신문사 입사 5년 되던 해이다. 당시 서울대교구장이던 김수환 대주교가 교황 바오로 6세에 의해 추기경에 서임되었다는 외신이 신문사 편집국으로 날아들었다. 주교로 임명되어 초대 마산교구장에 착좌한 지 2년 만에 대주교가 되어 서울대교구장에 앉은 것도 천주교 내부에서는 물론 사회적으로도 '파격 인사'라는 말들이 많았는데, 다시 1년 만에 한국천주교 최고위직까지 올랐으니 그런 말을 들을 만도 했다. 추기경이 되어 귀국하던 날 공항 당국도 그에 대한 의전 절차를 몰라 일반 승객과 같이 입국 절차를 밟게 했다는 당시 출입 기자의 말을 듣고 당황했던 기억이 떠오른다. 어쨌거나 파격에 파격을 거듭하는 김 추기경의 발걸음은 교계 안팎에서 관심의 초점이 되었고, 그의 말과 행동은 큰 영향을 끼쳤다.

김 추기경이 사제 시절 독일 유학을 마치고 돌아와서 맡은 자리가 가톨릭시보(현 가톨릭신문) 사장이어서 그랬던지 언론과 홍보에 많은 관심을 기울였던 것으로 기억된다. 뒷날 서울대교구에 평화신문·평화방송을 만든 것도 그런 맥락에서 이해할 수 있을 것 같다. 추기경이 서울대교구장 취임 전후해서 가톨릭언론인 모임인 '한국가톨릭저널리스트클럽'이 조직을 정비해서 새롭게 활동을 시작하게 된 것도 관심을 가지게 된 계기가 되었던 것으로 보인다.

내가 처음으로 김수환 추기경을 가까이서 모신 것은 논현동 성당 축성식 때였다. 1976년 서울대교구에서 91번째로 창설된 논현동 성당은 당시 영동지구 개발 붐을 타고 신자들이 자꾸 늘어나 서둘러 성당을 짓고 3년 만에 축성식을 가지게 되었다. 그때 30대 후반에 접어든 나는 주임신부의 간절한 청을 거절하지 못해 새내기 총회장으로 땀을 흘리던 상황이어서 교구장과 교황대사 등 고위 성직자를 모시는 일에 무진 애를 썼던 기억이 난다. 그러다 보니 축성식 행사에 대한 기억은 희미하기만 하다.

그로부터 3년 뒤 주일학교 학생 첫 영성체 미사를 집전하러 추기경께서 다시 논현동 성당을 방문하셨는데, 미사 후 첫 영성체 한 어린이들에게 장래 희망을 물으셨다. 그때 우리 아들 베드로가 "교황이 되겠습니다" 하고 대답해 몹시 당황했던 기억도 난다. 그 뒤로 우리 부부는 혹시 성소(聖召)가 있을까 기대하며 기도를 했으나 중학교, 고등학교를 거치는 동안 별다른 의사 표시를 하지 않아 마음을 접었다. 그 무렵 가톨릭시보에서 '일요한담'이라는 고정란에 원고를 써달라고 청탁을 해와 '꼬마 교황'이라는 제목으로 한 꼭지를 실었는데, 그 글을 읽어본 어느 신부가 소식을 물어 "장가가서 애를 다섯이나 두었다"고 부끄럽게 대답했다. 그 신부가 위로 삼아 한 말이 "하느님 창조 사업에 솔선수범했으니 오히려 잘 된 일이네요" 하고 눙쳐 주어서 한바탕 웃은 적도 있다.

흠모의 정을 간직하며

세월이 흘러, 나는 언론계를 떠나 공직에 나가 내무부, 제주도, 충남도에서 근무하는 바람에 김 추기경을 뵐 길이 더욱 멀어졌지만 흠모의 정은 깊게 간직하고 있었다. 한 번은 논산시 양촌면에서 부모님과 추기경이 잠시 살았다는 말을 듣고 현지를 찾아간 적이 있으나, "살기가 어려워 경상도 쪽으로 이사 갔다"는 말만 듣고 발길을 돌리기도 했다. 또 정년퇴임을 앞둔 대림 시기에 조치원 성당에 추기경께서 특별 손님으로 온다는 말씀을 듣고 아내와 함께 달려가 인사를 드리고 함께 사진을 찍는 영광도 누렸다. 그러나 그것이 생전에 추기경을 가까이서 본 마지막 순간이 될 줄은 꿈에도 몰랐다.

나는 김 추기경을 소속 교구장으로 30년을 모셨다. 추기경은 교회 안에서나 사회적으로나 큰 사건이 터질 때면 망설이지 않고 앞장서서 해결하는 의연함을 보여 준 분이다. 그분은 교회 안에서 큰 어른이셨고, 사회적으로도 정신적 기둥이셨기에 나는 지금도 그분께서 남긴 말과 가르침을 유훈으로 삼고 실천하려고 노력하고 있다.

정년퇴임하고 멍청하게 놀기도 뭐 해서 대전가톨릭대학교 부설 교리신학원 다닐 때 추기경의 인생 덕목(9가지)을 접하게 되었다. 그 내용이 곁에서 나에게 주시는 말씀 같아서 따로 적어두고 시간이 날 때마다 한 꼭지씩 읽어가며 나의 행동 지표로 삼으려고 노력한다. 많은 사람이 듣거나 보았을 테지만 추기경 탄생 100주년 되는 해인 만큼 다시 한번 정리하여 마음에 새겨 두려고 한다.

1. 말(言)
말을 많이 하면 필요 없는 말이 나온다.
두 귀로 많이 듣고, 입은 세 번 생각한 뒤 열어라

2. 책(讀書)

수입의 1%를 책을 사는 데 써라

옷은 해지면 입을 수 없어 버리지만

책은 시간이 지나도 위대한 값을 품고 있다.

3. 노점상(露店商)

노점상에서 물건을 살 때 깎지 말라

그냥 돈으로 주면 게으름을 키우지만

부르는 대로 주고 사면 희망과 건강을 선사하는 것이다.

4. 웃음(笑)

웃는 연습을 생활화하라

웃음은 만병의 예방약이며 치료약이다.

노인을 젊게 하고, 젊은이를 동자(童子)로 만든다,

5. TV(바보상자)

텔레비전과 많은 시간을 함께 하지 말라.

술에 취하면 정신을 잃고

마약에 취하면 모든 게 마비된 바보가 된다.

6. 성냄(禍)

화내는 사람은 언제나 손해를 본다.

화내는 사람은 자기를 죽이고 남을 죽이며

아무도 가까이 오지 않아서 늘 외롭고 쓸쓸하다.

7. 기도(祈禱)

기도는 녹슨 쇳덩이도 녹이며
천년 암흑 동굴의 어둠을 없애는 한 줄기 빛이다.
주먹을 불끈 쥐기보다 두 손을 모으고 기도하는 사람이 강하다.

8. 이웃(隣)

이웃과 절대로 등지지 말라.
이웃은 내 모습을 비추어 보는 큰 거울이다.
이웃이 나를 마주할 때 외면하거나 미소를 보내지 않으면
목욕하고 바르게 앉아 자신을 곰곰이 되돌아봐야 한다.

9. 사랑(慈善)

머리와 입으로 하는 사랑에는 향기가 없다.
진정한 사랑은 이해, 관용, 포용, 동화, 자기 낮춤이 선행된다.

"사랑이 머리에서 가슴으로 내려오는 데 칠십 년이 걸렸다." 김 추기경은 비록 갔지만 남겨주신 말씀을 되새기며 마음을 다잡고 있다. 그분의 모든 가르침은 '사랑'에 바탕을 두고 있고, 그 사랑은 예수님의 뜻과 같아 이제 나이 든 내게 너무나 큰 힘을 북돋아 준다.

05

김수환 추기경이
남긴 세 통의 유서

송란희

올해 김수환 추기경 탄생 100주년을 맞았다. 지난 2021년에 추기경의 선배이신 김대건 신부님과 최양업 신부님의 탄생 200주년을 기념하였으니 어느 모로 보아도 '순서가 맞구나'라는 생각을 잠깐 했다. 신자든 비신자든 추기경에 대한 크고 작은 기억을 가진 분들이 참 많다. 그만큼 실천하는 삶, 닮고 싶은 삶을 사셨다고 생각한다. 김 추기경은 우리와 함께한 세월만큼 기억도 추억도 많이 남겨두고 가셨다.

추기경과의 추억을 떠올려 봤다. 중학생이던 어느 겨울 피정에서 추기경을 처음으로 가까이서 뵈었다. 서울 우이동에 있는 '예수고난의 명상의 집'에서였는데 버스에서 내려서 높고 가파른 산길을 등산하듯 올라가야 하는 위치 덕분에 '고난의 집'이라는 이름값을 톡톡히

하던 곳이었다.

나름 성스럽게 보낸 그 피정에서 지금도 생각나는 것은 딸기잼과 마가린을 발라 먹던 마트에서 파는 마른 식빵과 추기경의 미소였다. 2박 3일 피정의 마지막 날 추기경께서 우리들이 모임을 하던 강당으로 들어오셨다. 그리고 우리와 함께, 정확히 말해서 내 옆에 앉으셔서 한두 시간을 함께 보내셨다. 그때만 해도 외할머니가 신부 그림자도 밟지 못하게 하던 시절이었는데 감히 추기경을 그렇게 가까이서 뵙게 될 줄이야 상상도 못 할 일이었다.

추기경께서 뭐라고 말씀을 하셨는지 정확하게 기억나지는 않지만 우리들의 까르륵거리는 웃음소리가 공간을 가득 채웠다. 추기경이 당시 잘나가는 개그맨도 아니셨을 텐데 아무튼 그날의 분위기는 그렇게 기억이 난다. 그리고 추기경께서 떠나실 때 우리는 모두 밖으로 나가서 추기경이 타신 승용차가 점이 되어 사라질 때까지 손을 흔들며 인사를 했다. 추기경도 계단을 돌아 내려가시면서 몇 번이나 뒤를 돌아보셨다.

추기경 수단에 달린 케이프 자락이 겨울바람에 펄럭였다. 바람에 날릴까 봐 한 손으로 붉은색 주케토(추기경이 쓰는 작은 모자)를 잡으시고 한 손으로는 우리에게 손을 흔드셨다. 아, 그 백만 불짜리 미소를 어디서 다시 볼 수 있을까? "보고 싶다. 그립다"라는 말로는 도무지 표현되지 않는다.

김수환 추기경의 유서

2020년 2월, 김수환 추기경 이름이 포털 뉴스 검색 1위에 올랐다. 2020년은 김 추기경이 선종한 지 11주년 되는 때였다. 떨어지는 숫자를 기념하는 경우가 많으니 11주년은 뭘까 하는 궁금증을 가진 사람들이 많았다. 당시 김수환 추기경의 이름과 함께 언급된 키워드는 그분이 남긴 친필 유서였다. 2009년 2월에 선종하신 추기경 유서가 11년 만에 처음 공개되었다.

김 추기경 유서는 1970년 1월 16일 밤, 1970년 10월 19일 밤, 1971년 2월 21일 밤에 작성되었다. 유서는 특별한 종이가 아니라 서울대교구에서 쓰는 일반 사무용지를 이용하여 단정하게 쓰셨다. 세 통의 유서 모두 반듯하게 두 번 접어서 봉투 안에 담았다. 봉투 앞면에는 "부 주교님, 본 주교의 신상에 불의의 사고가 일어났을 때를 위해…… 그리고 교구 사목에 있어서 헌신적으로 일해주신 부 주교님과 모든 신부님들에게 감사드립니다"라고 적혀 있다.

첫 번째 유서

교구의 모든 신부님들에게 나의 잘못, 부족으로 인해 마음 상해드리고 또 교구 발전에 도움을 주지 못한 데 대해서 형제애의 용서를 청합니다. 그리고 모두 하나가 되게 해주십시오(요한 17, 21)를 간곡히 부탁합니다.

모든 형제 주교님들 타 교구 신부님들과 모든 수호자 신자 여러분에게도 저의 사랑의 결핍, 잘못 등으로 저지른 죄에 대한 용서를 청합니다. 나의 형제 친척들에게도 역시 같은 용서를 청합니다.

저의 사유 재산 중 보통 의복은 가족에게나 혹은 가난한 이들에게 주시고 성직자로서 지닌 것은 (주교 반지, 십자가, 목장, 제의 등등) 교구에 속합니다. 책은 신학교 도서관에 주되 신학교에서 필요 없는 것은 교구에서 처분합니다. 그러나 누구에게도 팔지 말고 버려도 좋다고 보는 것은 저의 형님에게 전해주시기 바랍니다.

혹시 남은 돈이 있으면 이것은 장례비용이나 연미사 예물로 써주시기 바랍니다. 애긍시사(편집자 주: 哀矜施捨, 자선)해도 좋습니다. 잡기록이 있으면 불태워주십시오. 개인으로부터 사신으로 받은 편지도 불태워주십시오.

끝으로 모든 주교님과 특히 교구 신부님들 그 외 모든 신부님들, 수도자, 평신자 여러분에게 부족한 저에게 주신 은혜와 도움, 기구에 감사드립니다.

"사랑은 모든 것을 믿고 모든 것을 참고 모든 것을 소망합니다. 교회의 내일에 대하여 소망을 잃지 않기를 기원합니다. 안녕히."

1970년 1월 16일 밤 + 스테파노 김 추기경

두 번째 유서

본 주교의 신상에 불의의 사고로 인한 장기 부재 시 다음 것을 결정된 것으로 말합니다.

이미 선출된 부주교 김철규 신부님과 상서국장 김몽은 신부님, 교구 경리 최광연 신부님을 당선된 직책에 임명합니다. 그 외 교구 평의회 대표로 선출된 분 또는 선출된 분을 교구 평의회원으로 인준하고 또한 임명합니다. 교구의 모든 사목권을 부주교에게 위임합니다.

사망 시 상기 교구 평의회는 동시에 참사회를 이미 겸직한다고 발표했는 바 있으니 이분들을 교구장 직무대행으로 빠른 시일 내에 선출해야 할 것입니다. 이 모든 것은 교회법의 절차를 밟아야 합니다.

본 주교 사망 시에는 이미 유서로 남긴 대로 본 주교의 사물에 대한 처리를 해주시기를 교구장 직무대행에게 부탁드립니다. 그리고 모든 신부님들께서 주(主)께서 마지막 성찬 때 말씀하신 "ut omnes unum sint in Christo"를 명심해 주시고 참으로 그리스도 안에 하나가 되어 하나의 사제직을 수행해 주시기 간곡히 부탁드립니다.

우리 교구의 사제, 수도자, 평신자들이 일치되면 그것은 바로 한국교회의 발전의 길들이요, 미래를 밝히는 빛입니다. 그리고 교회가 참으로 그리스도의 교회답게 사회 속에서 가난하고 봉사하는 교회될 수 있게끔 모든 신부님, 수도자, 평신자들이 성신으로 인하여 하나되고 쇄신되기를 기원해 마지않습니다. 끝으로 저의 모든 잘못을 사랑

In Casu mortis meae

Testamentum

1. 교구의 본당 신부님들께서 나의 죽음, 부족으로 인해 마음 상하였으리라. 또 교구발전에 도움을 주지 못한데 대하여 행해에 의 용서를 청합니다. 그리고 *"Ut omnes unum sint in Christo"*를 간절히 부탁합니다.

2. 모든 본당 주교보든, 신앙과 신부님들과 모든 수도자, 신자 여러분들에게도 저의 사랑의 감사, 잘못 등으로 저지른 죄의 너한 ... 나의 행해진정 들기로 역사 ...을 ...를 청합니다.

3. 저의 私有財産중 ... 가족 아이나 ... 가난한이들에게 주시리. 성직자나 ... 교구에 맡깁니다. ... 신앙교육 ... 필요 않은 ... 교구에서 ... 그리고 누구에게로 팔지 않고 버려도 좋다고 보는것을 저의 명예... 전하 주시기

(2)

본주교 ...으로 이미 분호로 남긴데로 본주교의 私物에 대한 處理를 하여 주시기를 *Vicarium Capitularem* 바게 부탁드립니다. 그리고 본당 신부님들께서 ... 마지막으로 ... 쓴편지 *"Ut omnes unum sint"*를 명심해주시리. 진심으로 그리스도 안에 하나가 되어 화합하여 나의 사제성을 수렴해 주시기 간절히 부탁드립니다. 우리 교구의 사제, 수도자, 평신자들이 一致하면 그것으로 바로 한국교회의 발전의 길로 未來를 ... 밝힙니다. 그리고의 교회 무엇보다 봉사하는 교회 ... 가난하고 평신자들이 ... 하나이고 ... 잘못을 사랑으로 용서하여 주시기 부탁하여 ... *Pro Vobis* et *pro multis*. 감사합니다.

1970년 10월 19일 + Stephen Card. Kim

사랑은 모든 것을 믿고
모든 것을 참고 모든 것을 소망합니다.
교회의 내일에 대하여
소망을 잃지 않기를 기원합니다. 안녕히.

으로 용서해 주시기 부복하여 빕니다.

너희와 모든 이를 위하여, 이 글귀를 바칩니다.

1970년 10월 19일 밤 + 스테파노 김 추기경

세 번째 유서

너희와 모든 이를 위하여(Pro vobis et pro multis)

저는 이 말씀을 주교직의 모토로 삼았습니다. 하지만 뜻뿐이고 현실의 생활은 이것과는 너무나 거리가 있었습니다. 그리스도께서 가장 깊이 현존하시는 가난한 사람들, 우는 사람들, 소외된 사람들 등 모든 불우한 사람 속에 저는 있지 못했습니다.

임종의 고통만이라도 이 모든 형제들을 위해 바칠 수 있기를 기도해 마지않습니다.

형제 여러분 저의 이 사랑의 부족을 용서해 주십시오. 그리고 저의 영혼을 위해 기도해 주십시오. 안녕히.

1971년 2월 21일 밤 + 스테파노 김 추기경

1966년 마산교구장이 된 김수환 주교는 1968년 5월 29일에 서울대교구장으로 착좌했다. 그리고 불과 1년이 안 된 1969년 3월 추기경으로 서임되었다. 추기경이 되고 얼마 되지 않은 때에 추기경은 연이어 3통의 유서를 작성했다. 일반적으로 사제들은 미리 유서를 써서 대개 교구 사무처에 보관하는데 본인이 원한다면 중간에 수정하기도 한다. 그래서인지 첫 번째 유서 하단에 두 번째 유서를 쓴 날짜를 다시 적었다. 처음 쓰신 유서를 살펴보고 다시 날짜를 적으신 듯하다. 1970년대를 시작하며 추기경은 어떤 마음으로 유서를 쓰셨을까? 『아, 김수환 추기경』을 쓴 이충렬 작가는 1970년대를 "성난 70년대"라고 표현했다. 1970년 이른 새벽 새해를 맞으며 추기경은 주교관 3층 성당에 가서 버림받은 예수님 앞에 무릎을 꿇고 기도했다.

> "주님 이제 1970년대의 동이 트고 있습니다. 70년대는 새로운 희망과 포부를 저희에게 안겨 줍니다. 그러나 70년대는 동시에 불안을 내포하고 있습니다. 주님, 한국교회가 시대적 징표를 파악하여 예언직의 임무를 다할 수 있는 은총을 허락해 주시옵소서. 교회가 사회와 함께 전진할 수 있도록 한국교회를 변화시키고 발전시켜 주시옵소서."(『김수환 추기경 전집』 5권, 2001)

김 추기경은 1970년대를 시작하기에 앞서 1969년 12월 25일 '근로자와 산업인에게 보내는 성탄 메시지'에서 "그리스도인에게 인간은 상하 구별 없이 다 같이 존귀합니다. 고용주와 노동자의 차별이 없습니다. 그리스도는 고민하는 기업주의 벗이 되며 가난한 노동자의 형제입니다"라며 굶주린 노동자를 남이 아닌 혈육임을 자각해 달라고 호소했다. 하지만 1970년 11월 13일 평화시장 피복 공장 재단사 청년 전태일이 "우리는 기계가 아니다"를 외치며 분신했고 다음날 새벽 죽었다.

그런 시절에 추기경은 유서를 적었으며 앞을 보고 흔들리지 않고 걸어가셨다. 교회가 지금 세상에서 어떤 목소리를 내야하고 그리스도인으로서 복음을 어떻게 살아야 하는가를 깊이 고민하고 발을 내디디셨다. 그 진심은 모두를 움직였다. 추기경은 한국교회의 어른으로서 그 시대에 꼭 계셨어야 할 필요한 분이셨다. 조각가 최종태 선생이 자신의 스승 김종영 선생을 두고 한 말씀처럼 말이다. "세월이란 것은 참 묘한 것이어서 어떤 시대고 간에 꼭 있을 만한 사람을 반드시 심어놓고 지나갑니다. 그 시대가 아니면 있을 수 없는 그런 일을 하는 사람들을 역사는 빠뜨리지 않습니다."

유품은 공동체의 역사

추기경의 유서가 실린 『유물 자료집』은 서울대교구 설정 200주년 (1831~2031) 사업의 일환으로 한국교회사연구소에서 기획한 역대 교구장 유물 자료집 중 첫 번째로 출간되었다. 김수환 추기경의 유품 302점이 14개의 주제로 선별되어 실려 있다. 나는 연구소에서 일하면서 추기경이 돌아가신 후 추기경의 유품을 정리하고 전시를 하고 유품을 모아 자료집을 간행했다. 특히 유물 자료집을 준비하면서는 추기경이 남기신 유품에서 그분의 향취를 한껏 느낄 수 있었다. 유품한 점 한 점을 살피며 원고를 쓸 때 그분의 유품이 내게 말을 걸어오는 듯했다. 한 사람이 남긴 물건이 공동체의 역사가 되고 기억의 증거가 되는 순간이었다.

> "우리 교구의 사제, 수도자, 평신자들이 일치되면 그것은 바로 한국교회의 발전의 길들이요, 미래를 밝히는 빛입니다. 그리고 교회가 참으로 그리스도의 교회답게 사회 속에서 가난하고 봉사하는 교회될 수 있게끔 모든 신부님, 수도자, 평신자들이 성신으로 인하여 하나 되고 쇄신되기를 기원해 마지않습니다."

추기경의 유서를 다시 읽어 본다. 오늘 우리 모두가 마음에 두어야 하는 메시지가 거기에 들어 있다. 그리고 그분의 마지막 유언으로 추기경을 다시 기억한다.

고맙습니다. 사랑합니다.

06 김수환
겸손한 커뮤니케이터

김승월

　　"사랑이 머리에서 가슴으로 내려오기까지 70년이 걸렸다." 김수환 스테파노 추기경 말씀 중에서 내가 제일 좋아하는 말이다. 글을 쓰거나 학생들을 가르칠 때 가장 많이 인용하는 말이기도 하다. 자신을 한없이 낮춘 겸손함도 좋지만, 참다운 의미를 안다는 게 얼마나 어려운지를 잘 짚어냈다. 이 말씀의 배경은 동아일보 2003년 신년호에 실린 최인호 작가의 추기경과의 대담에 잘 담겨있다. 최 작가가 『샘터』 2009년 4월호에 기고한 회고담이다. "추기경님은 그날 대담에서 내게 한 가지 수수께끼 같은 화두를 던졌다."

　　"이 세상에서 가장 어렵고도 가장 긴 여행이 뭔지 아세요?" "모르겠습니다." 그러자 추기경님은 자신의 머리와 가슴을 가리키면서 말씀하셨다. "바로 '머리'에서 '가슴'으로 가는 여행이지요. 나 역시 평

생 이 짧아 보이는 여행을 떠났지만 아직 도착하기엔 멀었소이다. 기독교인들은 항상 반성과 회개를 통해 조금씩 우리 마음 한가운데 자리 잡은 하느님께 나아가고 예수를 닮아가야 합니다.”

머리에서 가슴으로의 여행

신앙생활이란 머리가 아니라 가슴으로, 이해가 아니라 공감으로, 말이 아니라 실행으로 해야 한다는 것을 말씀 한 건 아닐까. 한편으로는 말의 참다운 의미를 바르게 깨치라는 뜻도 담겨있다. 피상적으로 이해하고도 다 아는 체하는 것을 경계한 말씀으로도 여기고 싶다.

MBC 라디오 새내기 PD 시절이었다. 어느 선배가 "방송은 커뮤니케이션이야"라고 말했을 때 속으로 웃었다. 웬 '쌀로 밥하는 소리'인가.(당시 MBC 라디오에서는 너무 흔한 아이디어를 쌀로 밥하는 소리라고 표현했다.) 너무 당연한 말이기에 무시당하는 기분마저 들었다. 나는 "그럼요, 커뮤니케이션이지요"라고 웃으며 답했다. 비웃는 듯 한 느낌이 전해졌을까. 선배가 얼른 말을 이었다. "커뮤니케이션하려면, 프로그램 제작을 청취자 입장에서 해야 돼." 청취자 들으라고 만드는 프로그램인데 당연히 청취자 입장에서 만들어야하지 않는가. 나 또한 그런 자세로 만들고 있다는 자신감에 무심히 넘겼다.

하지만 프로그램을 청취자 입장에서 만든다는 것이 쉽지 않음을 제작 경험이 쌓이면서 절감했다. 청취자 입장에서 제작한다면서 제작자 입장에서 생각한 대로 만들고 있음을 반성하게 되었다. 머리로는 이해했지만 제대로 느끼지도 실천하지도 못함을 돌이켜보게 되었고, 커뮤니케이션이란 송신자와 수신자가 메시지를 주고받는 상호작용으로 오묘하게 이뤄짐을 서서히 느끼게 되었다. 사랑 없이는 커뮤니케이션할 수 없음은 훗날에야 깨달았다.

학생들에게 늘 하는 질문이 있다. "방송은 커뮤니케이션입니다. 커뮤니케이션이 무슨 뜻인지 아나요?" 하고는 추기경님 말씀을 들려주고 내 생각을 말해준다. "추기경님 같은 분도 '사랑'이란 말을 알기까지 70년이 걸렸는데, '커뮤니케이션'을 여러분이 안다고 말할 수 있겠어요? 저도 잘 모릅니다. 예를 들면, 방송에서 커뮤니케이션을 제대로 하려면 수용자 입장에서 만들어야 합니다. 수용자 입장을 알려면, 먼저 수용자를 진심으로 사랑해야 합니다. 사랑을 아는 데는 긴 시간이 걸리니, 커뮤니케이션을 제대로 알려면 오랜 세월이 필요합니다."

신앙생활도 같지 않을까. 신앙서적을 읽거나 강론을 들으면서 이해하는 많은 가르침을 실천하기란 쉽지 않다. 실행하다 보면, 알듯 모를 듯한 부분이 조금씩 익숙해지고 그 의미가 선명해진다. 어찌 무엇을 안다고 섣불리 당당하게 말할 수 있을까. 알면 알수록 어려워지니, 한없이 낮아질 수밖에 없다. 김 추기경이 사제서품을 앞두고 사목 표어로 정한 시편 51장의 성구 그대로다. "저를 불쌍히 여기소서."

가톨릭 커뮤니케이터

김수환 추기경을 처음으로 가까이서 본 곳은 운다코리아(UNDA/KOREA) 총회다. 1989년 12월, 의정부 한마음청소년수련원에서 운다코리아 총회가 1박 2일 동안 열려, 전국의 가톨릭 방송인 200여 명이 참가했다. 당대 한국 가톨릭을 상징하는 김수환 추기경, 박홍 서강대 총장, 꽃동네 오웅진 신부가 함께 했다. 첫날 저녁에 추기경과 가톨릭 방송인의 간담회가 있었다. 나는 추기경 자리에서 뒤쪽으로 가까운 곳에 앉았다. 한 젊은 여성 기자가 질문했다. 일제 강점기에 한국천주교가 일본의 식민지배에 순응하고, 신자들에게 따르게 했으니, 반성과 사죄를 해야 하지 않느냐고 따지듯 물었다. 당돌한 질문에 일순간 분위기가 어색해졌다. 추기경은 고개를 옆으로 돌리고 생각에 잠겼다. 사회자가 서둘러 말을 돌리자 추기경은 차분하게 말씀했다. 그 때 질문한 젊은 여성 기자는 국회의원을 지낸 KBS의 전여옥 레지나다.

그 행사는 가톨릭 방송인의 자세를 돌이켜보는 계기가 되었다. 연사로 오신 분의 면면을 보면서, 교회가 방송인에게 특별히 배려하고 있음을 느꼈다. 가톨릭 방송인으로서 자긍심도 갖게 되었다. 일반 방송사에서 가톨릭을 드러내 놓고 프로그램을 제작하기란 쉽지 않다. 하지만 가톨릭의 기본정신인 '인권'이나 '인간의 존엄성'은 좋은 소재다. 그러한 정신을 담아서 프로그램 만드는 길을 찾게 되었다. 후에 가톨릭 방송인 단체에서 봉사할 때, 그 당시 받은 은혜만큼 후배에게 돌려주고 싶은 마음으로 노력했다. 비록 그만큼 해내진 못했지만.

8년 뒤인 1997년, 필자는 17기 가톨릭언론인신앙학교를 수료했다. 신앙생활에 새로운 변화를 갖고 싶었다. 10주 동안의 교육도 의미 있었지만, 가톨릭 언론인과 새로운 관계를 맺은 것도 소중했다. 그런 인연으로 2009년에는 MBC가톨릭교우회 회장으로 봉사했고, 그 후 시그니스 서울/코리아 회장을 거쳐 시그니스아시아 이사로 8년 동안 활동했다. 지금은 2022시그니스세계총회 조직위원회 집행위원장으로 봉사하고 있다. 나의 모든 가톨릭 방송인 활동의 뿌리는 가톨릭언론인신앙학교다. 가톨릭언론인신앙학교는 김 추기경의 지원을 받아 김성호 전 가톨릭언론인협의회 회장이 세웠으니, 추기경의 은덕으로 봉사한 셈이다.

김 추기경은 일찍이 미디어의 역할에 주목했다. 가톨릭 언론인으로 활약했을 뿐만 아니라, 가톨릭 언론인 활동을 각별히 보살폈다. 이충렬 작가의 『아, 김수환 추기경』에 수록된 가톨릭 언론인협의회 회장을 지낸 KBS 출신 김현의 기억이다. "김 추기경님은 가톨릭언론인들이 주관하는 각종 세미나와 피정 등은 물론 갑작스럽게 참석을 청하는 행사에도 다른 일정을 조정해가면서 흔쾌히 참석해 언론인들을 격려해 주셨다. 우리 사회에 하느님의 기쁜 소식을 알려준 '커뮤니케이터(communicator)'였다."

티코 타고 온 추기경

착각도 기억이 될까. 나는 30여 년 전의 장면이 또렷하게 떠오르는데, 당시 신부님이나 아내는 기억나지 않는다고 하니 조심스럽다. 어쨌든 내 기억대로 쓰련다. 그분은 충분히 그럴 수 있었으니까.

1980년대 후반에서 90년대 초, 강북 번동성당에 다녔다. 살림이 어려운 신자들이 적지 않았다. 성당을 짓기 전에 공터에 패널로 조립한 임시 성전을 세웠다. 신부 숙소는 임시 성전 옆 소박한 주택. 그 집에서 최동진 주임신부는 연탄가스를 맡아 큰 일 날 뻔도 했다. 성전 건립 기금을 마련하느라, 신자들은 리어카를 끌고 다니며 캔이나

한승수 전 국무총리는 북방 선교 사제 양성을 위해 설립한 옹기장학회의 초대 회장을 역임하며 김수환 추기경과 오랜 인연을 맺은 국가 원로다. 왼쪽부터 부인 홍소자 여사, 따님 한상은 씨, 김 추기경과 한 전 총리.

종이를 줍고 병을 모았다. 이 성당 저 성당 다니며 김밥도 팔고, 기름도 팔았다.

90년대 초쯤이다. 번동성당 견진성사에 김 추기경을 모셨다. 임시 성전에 추기경은 빨간 티코를 타고 오셨다. 추기경이 티코 타는 이야기는 이미 여러 매체에서 보도했고, 특히 신문 광고로도 나온 적이 있었다. 작은 차를 타고 온 그분을 보니, 큰 사람처럼 여겨졌다. 넉넉하지 않은 성당이어서 그랬을까. 티코 타고 온 추기경이 더 가깝게 느껴졌다.

추기경과 차에 대한 다른 일화다. 1969년 추기경에 서임되자 가톨릭 실업인 신자들이 정성을 모아 캐딜락을 선물했다. 추기경이 되셨으니 품위도 생각해야 한다며 드렸다. 당시 이효상 국회의장도 좋은 뜻으로 선물한 것이니, 받으시라고 거들었다. 추기경은 거절하기 어려워 그때부터 캐딜락을 타고 다녔다. 며칠 후, 성심수녀원의 주매분 수녀와 함께 이동할 일이 생겼다. 차가 원효로를 빠져나올 무렵 주매분 수녀가 의미심장하게 웃으며 농담처럼 말했다. "추기경님, 이런 고급차를 타고 다니시면 길거리의 사람 떠드는 소리도 안 들리고, 고약한 냄새도 안 나겠네요." '그 순간 그는 뒤통수를 망치로 얻어맞은 것 같았다. 얼굴이 붉어진 채 아무 대답도 못했다. 그는 며칠 동안 반성과 참회의 기도를 했다 그리고 커다란 미제 승용차를 미안하다는 말과 함께 돌려보냈다. 그리고 평생 좋은 차는 타지 않았다.' 이충렬 작가의 『아, 김수환 추기경』에 수록된 일화다.

추기경의 선물

김 추기경을 가장 가까이서 본 것은 2009년 2월, 명동성당에서다. 그분은 유리관에 누워계셨다. 가톨릭 언론인들과 함께 조문했다. 조문객 인파에 밀려 추기경 옆을 스치듯 지나며 기도드렸다. 짧고도 아쉬운 만남이었다. 그분은 유리관에 누워서도 내게 좋은 인연을 맺어주셨다.

2022시그니스세계총회(SIGNIS World Congress 2022)를 바쁘게 준비하던 때였다. 한국에서 처음으로 열리는 세계총회이다 보니, 대회의 격을 높이기 위해서 조직위원장으로 많은 분들의 존경을 받는 분을 모시려고 했다. 후보자가 추천되면, 회원들과 교회의 평을 들어 살폈다. 이 분은 이래서 안 되고 저 분은 저래서 안 되니 쉽지 않았다. 몇 달이 지나도록 정하지 못해서 답답했다. 2021년 2월 어느 날 아침. 불현듯 하나의 장면이 사진처럼 떠올랐다. 추기경 조문 기간에, 옷깃 여미고 성당 옆문으로 들어가던 한승수 국무총리 모습이 선명하게 그려졌다. 10여 미터쯤 떨어진 대기 줄에서 가톨릭 언론인들과 보았던 장면이다.

"한 총리가 어떨까요?" 몇몇 회원에게 물어보니, 반대하는 이가 단 한 명도 없었다. 김성호 시그니스세계총회 고문은 너무 좋은 생각이라고 기뻐했다. 허영엽 신부에게 알아보니, 교회를 위해서 많은 역할을 한 아주 좋은 분이란다. G1강원민방 허인구 프란치스코 사장이 다리를 놓아 모시게 되었다. 한승수 다니엘 시그니스세계총회 조직위원장은 정신적으로나 물질적으로 큰 도움을 주면서도 늘 겸손하다. 큰 안목으로 우리가 보지 못하는 부분을 살피면서 옳은 길로 이끈다. 힘들 때는 격려해주고, 헤맬 때는 길을 가리켜도 준다. 한위원장은 김 추기경이 보내주신 선물 아닐까.

한 총리 부부는 김 추기경과 오랜 인연을 맺었다. 2002년 북한, 중국과 같은 북방지역 선교를 준비할 사제를 위한 추기경 이름의 장학회를 설립했다. 추기경은 '옹기장학회'라고 이름 지어 주셨다. 스스로를 '바보'라 불렀고, 아호는 '옹기'라 했다. 옹기장학회 초대 회장은 한승수 전 총리가 맡았고, 부인 홍소자 레지나 전 대한적십자사 부총재가 함께 봉사했다.

한승수 조직위원장의 기억이다. "추기경님이 위중해서 성모병원에 입원해 계실 때, 저희 부부가 찾아가면 반가워하셨습니다. 특히 레지나가 해드리는 농담을 좋아하셨는데, 한쪽 귀가 불편해서, "그쪽은 안 들려, 이쪽으로 와서 이야기해 줘"라고 말씀하시곤 했습니다." 홍소자 여사가 말을 이었다. "귀에 가까이 대고 농담해드리면 무척 즐거워하셨어요. 추기경님의 순수하고 그 해맑은 표정은 잊을 수가 없어요."

김 추기경은 1922년 5월 8일 출생했다. 나의 어머니는 같은 해에 추기경보다 한 달 늦게 태어났다. 그분 사진을 보면 돌아가신 어머니 얼굴과 겹쳐지기도 한다. 그때는 '프란치스코'라고 나를 인자하게 부르실 것만 같다. 아쉽게도 그분은 나를 전혀 모른다. 외사랑이다. 하지만 내 가슴에 큰 산처럼 자리한 어른이다. 자료를 찾고 글을 쓰면서 그 사랑이 깊어졌다. 겸손한 지혜의 말씀을 곱씹으며, 사랑의 흔적을 살폈다. 이런 귀한 시간을 갖도록 허락해준 주님께 감사드린다. 이 같은 어른을 모시고 같은 시대를 살았음이 영광이다. 그분 덕분에 나 또한 못난 바보임을 고백할 수 있으니 은혜롭다. "하느님, 저를 불쌍히 여기소서."

"

누군가가 사랑하지 못하는 마음을 바꾸어 사랑할 수 있게 된다면
그것이야말로 더 큰 기적이요, 가장 큰 기적입니다.

제2부 우리 곁에 왔던 성자

남은 세월이 얼마나 된다고
가슴 아파하지 말고
나누며 살다 가자.

버리고 비우면
또 채워지는 것이 있으리니
나누며 살다 가자.

누구를 미워도
누구를 원망도 하지 말자.

재물 부자이면 걱정이 한 짐이요.
마음 부자이면 행복이 한 짐인 것을

죽을 때 가지고 가는 것은
마음 닦은 것과 복 지은 것뿐이라오.

07

김 기자? 김 사장?
추기경 김수환이올시다

주
정
아

"아잉, 못생겼잖아요. 고릴라 닮지 않았어요?"

여섯 살 꼬맹이가 벽에 걸린 액자 속 사진을 보기 위해 목을 한껏 끌어올렸다. 대체 누구길래 저렇게 빨간 '떡 모자'를 쓰고 있을까, 궁금증에 까치발까지 하고 섰다. 하지만 금세 실망한 듯한 말이 튀어나왔다. 못생기지 않았느냐고. 꼬맹이가 세뱃돈보다 사진에 더 관심을 갖자 내심 '뿌듯한' 표정으로 다가오시던 '가롤 신부님'. '푸 푸흡' 웃음을 터트렸다. 그리고 '이 분은 추기경님이시다'라고 말씀하셨다. 그 목소리가 더할 나위 없이 따뜻하게 느껴졌다.

추기경이란 단어를 처음 들은 꼬맹이는 그날의 기억을 오래오래 품고 살았다. 수년이 지난 후에야 사진 속 주인공이 김동한 신부(가롤로·1919~1983)가 가장 사랑한 동생 김수환 추기경이라는 걸 알았다.

얼마의 시간이 흘렀을까. 그 꼬맹이가 가톨릭신문 기자가 되어 김 추기경을 다시 만나는 기막힌 사연이 시작됐다. TV나 신문이 아닌 추기경의 실제 모습을 꽤 자주 마주했다. 그런데 돌이켜보면 기자로서의 첫 만남부터 선종하실 때까지 단 한 번도 그분의 생김새에 관해선 생각해 본 적이 없는 듯하다. 나의 뇌리에 각인된 김 추기경의 얼굴은 그저 누구나 곧바로 미소 짓게 하는 마법의 반달 눈웃음과 동일이었다. 또 누군가 추기경의 트레이드마크가 무엇이냐고 물으면 단박에 웃음이라고 답하곤 했다.

해를 거듭할수록 더욱 또렷이 떠오른다. 웃음 가득 담아 쭉 쳐진 눈꼬리, 동시에 가볍게 올라간 입꼬리. 좀 더 솔직히 표현하면, '헤' 하고 무장해제했을 때 나올법한 자연스러운 미소. 추기경은 누구에게나 스스럼없이 먼저 다가가 손을 잡아주며 그렇게 미소 지었다. 마주하는 이가 누구든 한순간에 마음을 '턱' 놓게 만드는 '할아버지'. 지금 이 시간, 그 할아버지의 미소가 그리울 따름이다.

가톨릭신문사 사장 신부

순한이, 수환이, 김수환, 김수환 스테파노, 스테파노 김수환, 김수환 신부, 김수환 주교, 김수환 대주교, 김수환 추기경……. 역시 우리 귀에 익숙한 이름은 추기경 김수환이다. 대부분의 일생을 자신의 사목 모토와 같이 '너희와 모든 이를 위하는' 목자로 살았던 그도 이른

바 '직업'을 가졌던 때가 있다. 그 직업은 바로 기자, 나의 '하늘 같은' 선배님이었다.

가톨릭신문 창간 75주년 기념 전시회에서 가톨릭신문사 '사장 김수환'의 신분증명서 실물을 처음 봤다. 그저 역사의 한 장면이라고만 생각하며 무심코 지나쳤다. 그런데 이어진 기념식 축사를 비롯해 각종 특별대담과 인터뷰 등을 통해 '그 시절'의 이야기를 육성으로 들으며 생각이 많아졌다. 무엇보다 직접 기사를 쓰고, 외신을 번역해 다듬고, 편집 기획을 하고, 사설까지 썼다는 회고는 내 마음에 큰 울림을 남겼다.

1951년 사제품을 받은 젊은 목자는 1956년 독일 유학길에 올랐다. 당시 독일 뮌스터대학에서 만난 은사 요제프 회프너 신부(1969년 추기경 서임)의 영향으로 '그리스도교 사회학'에 대해 밝게 눈떴다. 그리스도교 가르침을 기초로 한 인간관과 국가관 등을 더욱 확실히 정립한 이 젊은 목자는 유학을 마치고 1964년 6월 귀국하자마자 곧바로 가톨릭시보(현 가톨릭신문사) 사장 소임을 맡았다.

김 추기경은 제2차 바티칸공의회(1962~1965)의 정신에 따라 교회의 쇄신과 현실 참여의 원칙을 구체적으로 실천한 대표적인 인물이었다. 그가 생각하는 교회 신문 또한 "'세상을 위한 교회'가 되는데 힘을 싣는 매체"였다. 이에 따라 가톨릭신문에서 일하는 동안 "교회 신문도 세상 사람들과 적극 소통해야 한다"라는 소신을 굳건히 내비치며 그 뜻을 지면에도 반영했다.

세상은 시간적으로 새날이 오고
새해가 됐다고 해서 새로워지는 것이 아니다.
우리의 마음과 정신이
'진실한 인간, 정의로운 인간, 사랑하는 인간'으로
달라질 때에 비로소 새로워진다.

추기경이 가톨릭신문 사장이자 기자로 일했던 시기, 제2차 바티칸공의회는 한창 진행 중이었다. 추기경은 우선, 공의회 관련 소식을 국내 그 어떤 매체보다 빨리 한국교회 안팎에 전하고자 했다. 이를 위해 당시 AP통신과 계약을 맺고 있던 동화통신에 별도의 부탁을 하고 당시 신문사 형편으로선 꽤 많은 비용을 지불하면서 빠르게 외신을 타전 받았다. 또 가톨릭교회 혹은 공의회 관련 소식이 뜨면 한밤중에라도 곧바로 번역에 돌입했다. 인터넷 통신 등이 없던 시절, 사진을 빠르게 전송받기 위해 직접 우체국에 가서 기다리기도 했다. '열린 교회'가 되고자 하는 자성과 교회 쇄신에 대한 인식이 강하게 제기된 공의회의 소식을 그 누구보다 발 빠르게 전하고 싶은 마음 때문이었다. 1968년 8월 역사상 처음으로 교황이 미국을 방문한 소식을 싣기 위해선 신문 인쇄 시간도 늦추고 밤새 외신을 번역해 기사를 작성했다고 한다. 당시 바오로 6세 교황은 미국 뉴욕의 유엔본부를 방문, 전 세계를 향해 전쟁을 중단하고 평화를 구축하자는 내용의 연설에 나섰다.

사회적 이슈를 신앙의 눈으로

추기경은 신문 지면 기획에도 동참해 독자들과 쌍방향으로 소통하기 위해 '디알로그'(대화) 란을 신설했다. 신앙에 대한 의문점을 풀어주는 '질의응답' 란도 만들고, 순교성지에 대한 관심을 독려하는

'순교성지를 찾아서' 등도 기획했다.

　추기경은 "가톨릭시보(가톨릭신문)가 종교 매체이지만, 신자뿐 아니라 비신자들도 읽고 싶은 신문이 돼야 한다"는 생각으로 신문을 만들었다고도 밝혔다. 각종 사회적 이슈를 신앙의 눈으로 풀어낸 사설을 자주 실었던 결정에는 그런 배경이 있었다. 때문에 정보과 형사들이 당시 가톨릭시보 내용과 사장신부의 행보를 예의주시할 정도였다고 한다. "가톨릭신문은 신자들에게 교회 소식과 하느님의 말씀을 전하는데 소명을 투철히 수행했지만, 사회적인 선교 영향력은 크지 못했었다"며 그래서 신문사 사장으로서 "가톨릭교회에 대한 비판도 가감 없이 듣고 사회 복음화를 위한 길도 나름대로 터보려 했다"고 토로하기도 했다. 당시 추기경이 선택하고 게재한 기사들은 교회의 성찰과 쇄신을 목적으로 일침을 가하는 내용이 많아, 일반매체들에겐 핫이슈가 될 수도 있는 획기적인 소재들이었다. 하지만 아쉽게도 지금과 달리, 당시엔 가톨릭신문을 적극 모니터링하는 일반 매체를 찾아보긴 어려웠다고 한다.

　추기경에게 이런 이야기들을 직접 들으면서도, 실제 그가 가톨릭신문 사장이자 기자, 총무·관리 직원 등 1인 3역을 소화했다는 사실을 믿기는 쉽지 않았다. 뜻밖에도 한 장의 옛 사진이 그러한 이야기들을 단번에 눈앞에 그리게 했다. 추기경 관련 자료를 정리하다 신문에 게재해야겠다 싶어 별도로 빼둔 사진, 그 안에 있는 추기경은 신문을 펴들고 직원들과 둘러앉아 담배를 태우며 지면 기획에 관해 심각하게 토론하고 있었다. 이후 특별대담 자리에서 추기경으로부터 "짬이 날 때마다 신문 구독료를 받으러 전국 각 성당을 방문하다가 잡상인 취급을 받고 문전 박대 당하기도 했고, 광고 한 건 따보려고 그야말로 발바닥이 닳도록 돌아다녔지만 결국 허탕을 쳤다"는 일화를 들었을 땐, 나도 모르게 잠시 취재수첩을 내려놓고 그 모습을 상상해 보기도 했다.

추기경은 가톨릭신문사에서 일했던 시간이 평생 사제생활 중 가장 투철한 사명감과 기쁨으로 투신한 시기였다고 자주 고백했다. "2년 동안 밥 먹는 시간도 아까울 만큼 일에 미쳐 살았다"며 "정말 하루 24시간 중 밥 먹는 시간이 너무 아까워 (식사를) 비타민 같은 것으로 대신할 수 없을까 고민할 정도였다"는 것이었다.

특히 가톨릭신문 창간 80주년 특별대담 중엔 "홍보매체는 그 종사자들이 어떤 가치관을 가졌느냐에 따라 보는 눈도 글 쓰는 마음 자세도 다르고 또한 보도되는 내용도 다르다"며 종사자들이 먼저 "그리스도가 길이요 진리요 생명이라는 확신에 차 있고, 그런 마음으로 늘 하느님과 교류해야 한다"고 당부했다. 그 목소리는 15년이 지난 지금도 우리 귓전에 생생하게 남아 있다.

"사회 속에 교회를 심어야 한다"

담당 기자를 맡았던 시기는 추기경이 이미 서울대교구장에서 물

러난 후 서울 혜화동 주교관에서 생활할 때였다. 그런데 정말 거의 한 주도 빠짐없이, 좀 과장한다면 거의 매일 혜화동 주교관에는 추기경을 만나러 오는 사회 각계 인사들의 발걸음이 끊이질 않았다. 덩달아 취재기자들의 움직임도 분주하곤 했다. 누군가 추기경을 만나러 온다는 소식을 듣자마자 신문사에서 혜화동까지 날듯이 달려가기를 몇 년. 그 시간을 돌아볼 때 내가 기억하는 추기경은, 어떤 때에도 취재요청을 하거나 언론이나 기자들을 사사로이 이용하는 경우가 없는 어른이었다. 도리어 기자들이 "추기경님 덕분에 밥 먹고 산다"는 말을 입에 달고 지낼 정도였다. 시쳇말로 '김수환 추기경이 뜨면' 신문 간지의 단신 정도 될 만한 기사도 1면으로 옮겨지기도 했으니 말이다. 서울대교구장 착좌 때만이 아니라 항상 "교회는 담을 헐고 밖으로 나가 사회 속에 교회를 심어야 한다"고 강조했던 그 소명을 이 땅에서의 마지막 순간까지 살아낸 덕분에 생겨난 자연스러운 일상이었다고 생각한다.

그리고 '세상의 빛'. 김수환 추기경이 생전에 공식적으로 남긴 마지막 휘호였다. 가톨릭신문 지면에 게재하기 위해 쓴 휘호였지만, 세상 모든 그리스도인 언론인들과 신자들과 공유하고 싶은 '말씀'이다.

2007년 3월, 가톨릭신문 기자들은 창간 80주년 기념 특집호 1면에 추기경님의 휘호를 싣는 데 전원 찬성했다. 담당 기자인 나의 발등엔 또 불이 떨어졌다. 아니나 다를까 비서 수녀는 추기경의 건강부터 염려했다. 염치 불구하고 말씀만이라도 넣어달라는 호소와 읍소를 쏟아내고. 이어 인사동으로 내달렸다. 신문사에 문방사우가 있을 리 만무했기 때문이다. 급한 대로 붓과 벼루는 서예가에게 빌리고 한 지공방에서 먹과 종이를 구입했다.

'세상의 빛' 소명

"내가 글씨를 참 못쓰는데……. 나 같은 사람이 써서 되겠나……. 신문 창간 80주년인데, 더 멋진 말을 쓸 사람한테 부탁을 하면 좋잖을까 싶네만……."

그렇게 말씀하시면서 추기경께선 기대에 차 바라보는 눈빛들과 하나하나 시선을 맞췄다. 해맑은 그 얼굴에 빙긋이 미소가 피어올랐다. '두드리는 이'들에게는 언제나 활짝 문을 열어주던 '너그러운 할아버지'의 모습이었다.

김수환 추기경은 지그시 눈을 감았다 뜨며 천천히 붓을 잡았다. 2007년 3월 17일 서울 혜화동 주교관 내 집무실, 가톨릭신문 창간 80주년을 앞두고 축하 휘호를 부탁한 자리였다.

김 추기경은 "이제 손이 떨려 어떻게 써야 할지……"라고 말하며 먹을 갈고 있는 이의 손과 종이를 번갈아봤다. 그리곤 "무슨 말을 써주면 좋을까?" 하고 되물었다. 주변에 함께 있던 이들은 이구동성 "어떤 말씀이든 추기경님의 한마디면 충분합니다"라고 외쳤다.

긴 시간이 필요치는 않았다. 잠시 흰 한지를 들여다보나 싶더니

'일필휘지'. 먹물을 넉넉히 머금은 붓이 한숨에 움직였다. 곁에 선 이들은 붓끝만 내려다봤다. 붓끝이 한지에서 떨어지는 그 순간, 탄성이 절로 터졌다. '세상의 빛', 가톨릭신문의 소명을 환기시키고 격려를 전하는 절묘한 한마디였다.

김 추기경은 주변의 탄성을 뒤로하고 새 종이를 한 장 더 올렸다. 뭔가 부족했던 모양이었다. 다시 공들여 한자 한자 써 내려갔다. 낙관을 찍는 마지막 순간까지 진지한 모습이었다. 처음 쓴 글씨는 따로 보관하면 좋겠다며 비서 수녀가 고이 접어 가져갔다.

그때 미처 깨닫지 못한 것이 있었다. 관절염으로 악수조차 힘겨운 때에 큰 붓을 잡는 것이 쉽지 않은 일임을.

김 추기경은 생전에 주변 사람들의 간곡한 부탁에 응하기 위해 간간이 휘호를 남겼다. 그러나 2007년 이후 기력이 급격히 쇠하면서 더 이상 붓을 잡은 시간은 없었다.

가톨릭신문 창간 80주년 축하 휘호 '세상의 빛'은 김 추기경이 이 땅에 남긴 마지막 글씨가 됐다.

(가톨릭신문 2009년 3월 1일 자)

나도 김 추기경 '덕후'

그날의 강론이 잊히지 않는다. "추기경의 옷이 왜 진홍빛인지 아십니까?" 주교 수단은 자색이다. 그리고 추기경 수단은 진홍색이다. 김 추기경은 "추기경 복의 진홍빛은 순교의 피를 뜻한다"며 "추기경은 언제든 순교할 각오로 양들을 돌봐야 한다"는 내용의 강론을 했다.

수습기자 딱지를 갓 떼고 간 행사였다. 그런데 그 한마디 한마디가 왜 그리 폐부 깊은 곳을 찔렀을까. 추기경 담당 기자가 되기 훨씬 전이었고, 추기경님이 평생 안고 산 십자가의 고뇌에 대해서도 잘 알지 못했던 시절이었다.

다시 한참의 시간이 흐르고, 13년 전 2월 20일 김 추기경님의 장례 날. 경기도 용인 성직자 묘역에서 마지막 하관 예절을 촬영하는 도중, 영하의 칼바람 사이사이로 생전의 김 추기경 모습이 스쳐 지나갔다. 수많은 장면들이 지나가다 그 진홍빛 수단을 입고 강론하는 모습에서 딱 멈춰 섰다. '너희와 모든 이를 위하여' 진홍빛 시간을 살아내고 하느님 품으로 돌아간 추기경. 아마 그때의 그 모습처럼 환하게 하느님과 마주하지 않았을까 하는 생각이 이어졌다.

기억은 다시 수습기자 딱지를 갓 떼고 간 행사장에 가닿았다. 당시는 디지털카메라 열풍이 불기 직전, 나는 여전히 필름 카메라를 사용하고 있었다. 필름 카메라를 들고 현장에 나서면 주의해야 할 점이 많았다. 그중 하나가 어떤 경우에도 여분의 필름 두어 컷은 남겨둬야 한다는 것이다. 현장에선 갑자기 어떤 장면이 나올지 모르기에 늘 준비 태세를 갖춰야 했다.

당시 추기경이 행사장에 입장하는 모습을 찍기 위해 미리 자리를 잡고 대기하던 기자들 앞으로 웬 '자매님들의 물결'이 순식간에 밀려 들었다. 요즘 말로 옮기자면 '추기경님께서 아이돌도 아니고 대체 왜 저러는 거지?'라는 불만이 가장 먼저 밀려들었다. 환한 햇살 아래, 걸음걸음마다 수단의 진홍빛이 더욱 반짝였다. 환한 미소까지 더한 얼굴, 걸으면서도 쉼 없이 신자들과 악수를 나누는 그 모습을 멋지게 찍고 싶었지만, 셔터를 누를 때마다 여기저기서 자매님들이 튀어나와 카메라 렌즈를 가렸다. 마음이 급해진 나는 마구잡이로 셔터를 눌러 댔던 것 같다. 그런데 한순간 홍해 바다 갈라지듯 자매님들이 양옆으로 갈라섰다. 휠체어를 탄 아이의 등장. 추기경께선 허리와 무릎을 굽혀 몸을 낮추고 아이의 머리 위에 살포시 손을 얹고 잠시 기도하셨다.

소란스럽던 행사장 입구가 일순간 조용해졌다. 아뿔싸! 필름이 드르르르륵 감기기 시작했다. 마지막 컷까지 찍어버린 것이다. '안수해 주시는 사진을 못 찍다니. 망했군. 네가 기자냐'라며 자책하는 것도 잠시. 나는 이미, 저 멀리서 나를 발견하고 손짓하는 추기경 앞으로 냉큼 달려가 인사를 하고 있었다. 이런! 나도 김 추기경 '덕후'였던 거다.

08

정달영의
추기경 쫓아다니기 30년

정
민

　　1997년 3월 2일, 한국일보 주필과 가톨릭언론인연합
회장을 역임한 언론인 정달영(鄭達泳, 1939~2006, 프란치스코)은 미국
시애틀에서 김수환 추기경을 인터뷰한다. 당시 한국일보 심의실장을
맡고 있을 때였다. 역사는 이때를 한마디로 '국난(國難)'으로 요약한
다. IMF 사태 직전이었고, 한보사태로 나라 꼴은 말이 아니었다. 임기
가 1년도 채 남지 않은 대통령은 극심한 레임덕에 빠졌다. 50년 만의
정권교체라며 역사적인 대선을 앞둔 소용돌이의 시기이기도 했다.

　한국일보는 그 무렵 '나라 살리자'라는 캠페인을 펼쳤다. 김수환
추기경의 '한 말씀'으로 캠페인의 결말을 짓자는 것이 인터뷰의 의도
였다. 이후 3월 10일 자 2개 면에 나눠 실린 인터뷰 기사의 제목은
'위기가 기회 돼야'였다. 기사에서 김수환 추기경은 "지도자가 민심

을 바로 읽지 못하면 국민은 지도자에게 등을 돌릴 것이다"라며 대통령을 정면으로 비판했다. 심지어 "아무도 구제할 수 없을 정도로 나라가 떠내려가고 있다는 사실이 긴박하다. 검찰도 정부도 대통령도 힘을 잃은 채 나라가 표류하는 데 대해, 정치인들은 방관하고 언론도 합세하면 이 나라는 누가 붙잡아 살리는가?"라고 일갈했다.

정달영은 그로부터 1년 뒤 가톨릭신문(1998년 6월 7일 자 13면)에 '추기경 쫓아다니기 30년'이라는 제목의 글을 쓴다. 그는 추기경과의 인터뷰가 필요한 때가 "(항상) 우리나라와 사회와 정신이 뿌리째 흔들리는 위기"였으며 결국 그에게는 마지막 추기경 인터뷰였던 '시애틀 발(發) 기사'에 대해서도 "지금 다시, 그러한 위기적 상황이 닥쳐와서 추기경의 말씀이 긴급하게 요청된다는 것"으로 그 당위성을 부연한다.

"응, 거짓말 잘 쓰는 기자로군"

하지만 언론인 정달영의 '추기경 쫓아다니기'는 "사실 악연처럼 시작됐다"는 것이 그의 고백. 그가 쓴 김수환 추기경에 관한 첫 기사는 1968년 4월 당시 마산교구장에서 서울대교구장으로 깜짝 승임(昇任)되었을 때였다. 흥미롭게도 기사는 '막내 주교에서 맏 대주교가 된 까닭-김수환 대교구장은 누구인가'라는 제목도 그렇거니와, 매체도 주간한국이었다. 그러니까 "다소간의 풍설(風說)을 포함, (중략) 접근방법과 처리 방법이 격에 있어서 '주간지적'이었다"는 그의 표현처럼, 한국 가톨릭의 새 수장을 '가십성 연성기사'로 처리해 소개했던 것이다. 그러나 그 기사에서 "한국 최초의 추기경 탄생을 예고"해 세간의 눈길을 끌었다고 그는 썼다. 그 때문이었는지 "응, 거짓말 잘 쓰는 기자로군"이라는 말이, 김수환 추기경을 처음 만났을 때 기자에게 건넨 첫 인사 말씀이었다는 것이 정달영의 회고다.

정달영의 두 번째 김수환 추기경 기사는 한국일보 1971년 8월 29일 자에 실렸다. 인터뷰를 위해 기자가 추기경을 만난 시공은 놀랍다. 다름 아닌 제2차 남북적십자회담이 열린 판문점이었다. 가톨릭

신자인 유엔군 수석대표 폴리 제독의 초청을 받은 추기경은 "내 편에서도 판문점 방문을 희망했었다"고 밝혔다. 기사는 "판문점 회의장에 들어서면서 그는 북녘에 있는 '침묵의 교회'를 생각했다. 마치 로마 제국 시대의 '카타콤'처럼 존재할 지하의 교우들. 그들은 얼마나 진실하게 해방의 날을 기다리고 있겠는가"라는 추기경의 강복을 전하고 있다.

뿐만 아니라 기사는 "……(급변하는 국제정세를 설명하면서) 자발적인 힘을 길러야 합니다. 이 힘은 정부가 시정 쇄신을 하는 데서만 가능하다. (중략) 지금 우리에겐 진리와 정의에 바탕을 둔 철학적 이념으로 올바른 세계관과 인생관을 가진 우수한 정치 지도자들이 요망되고 있습니다. 그 어느 때보다도……" 라는 추기경의 생생한 목소리로 끝맺고 있다.

"어때? 추기경 좀 못 만나나?"

당시만 해도 북한을 '북괴(北傀)'요, 중국은 '중공(中共)'으로 표기하던 때였다. 쿠데타로 정권을 잡은 군인 대통령의 서슬 퍼런 철권통치가 시작된 시기이기도 했다. 대놓고 북한을 위로하고 우리 정치를 비판한 기사는 보고도 믿기 어렵다. 세상이 어둡고 어려울수록 그리스도의 진리와 정의를 선포하려는 용기! 추기경과 기자는 아마도 이 점에서 의기투합했을 것이다. 그래서인지 기사는 '말씀의 인용'만으로

정달영 기자는 언론인으로서도, 신앙인으로서도 김수환 추기경을 존경하고 사랑했다.

채워지지 않은 특징을 보여준다.

한국일보 입사 10년이 된 정달영은 사회부 보건환경 담당 기자였다. 그런 그에게 '휴일 탐방'이라는 인터뷰 꼭지가 별도로 맡겨진 것이 김수환 추기경에 관한 세 번째 기사를 쓰게 된 계기였다. "주말이 가까워지면 '휴일 탐방'의 주인공을 누구로 할 것이냐는 항시 난제였고 (중략) 당시 편집국장은 내 곁으로 슬그머니 다가와 혼잣말하듯 이런 화두를 던졌다. "어때? 추기경 좀 못 만나나?"('신문과 방송' 2001년 8월 호, '정달영의 기자론 기사론8')

1972년 4월 30일 자 한국일보 '휴일 탐방' 기사는 이렇게 시작한다.

"진실이 무엇인지/어디 있는지/깨닫게 하여 주소서/목숨을 다하는 그 마지막 순간까지/우리가 지켜야 할 가치는 무엇입니까?(중략) 아슬아슬한 절벽/무섭게 공허한 침묵의 심연/칠흑 같

우리 곁에 왔던 성자

은 불신의 장막/이 장막을 벗길 빛은 없습니까(후략)" 추기경의
기도 시다. 기사는 이어서 "김수환 추기경의 목소리는 때로는
신음, 때로는 질타가 되어 들린다. 열심히 귀를 기울이면 그것
은 더없이 명쾌한 논리, 준열한 비판을 포괄한다."

　기자는 시를 리드로 쓴 파격을 넘어 아예 시처럼 기사를 쓰기도
한다. 인터뷰가 신문에 게재된 날은 추기경 서임 3주년이 되는 날이
었다. 기사는 "그로부터 3년. 많은 사람들은 한국의 가톨릭교회가 사
회정의의 구현을 위해 무엇인가 노력하고 있다는 인상을 받는다. 그
부단한 노력은 이를테면 교회의 현실참여로 이해할 수 있다"고 이어
진다. 하지만 추기경은 "이러한 우리의 문제에는 물론 교회 자신도
포함되는 것이지요. 사회가 병들었듯이 교회도 병들었어요. 사회정
의 구현을 위한 우리의 호소와 비판은 우리들 모두를 위한 것"이라며
교회 쇄신 의지도 가감 없이 보여준다.

예언자가 전하는 희망의 말

　정달영은 그로부터 30년 후, 당시의 김수환 추기경 인터뷰를 이렇
게 표현한다. "놀라운 것은 그렇게 무례한, 약속조차 없이 갑작스레
덤벼드는 '탐방'을 맞이해서도 추기경의 '말'은 늘 말끔히 준비되어
있었다는 사실이다. 현실에 대한 사려와 고민이 그만큼 넓고 깊을 뿐

아니라, 무엇보다도 시대를 보는 직관과 역사 감각이 뛰어나다는 사실을 알게 된다. 추기경은 그때에 그가 무엇이든 '말'해야 하는 것이 자신의 소명임을 알았고, 따라서 거절하지 않았으며, 그 '말'의 예언자적 메시지는 그를 받아 전달한 인터뷰 칼럼마저 '좋은 기사'로 평판되게 만들었다."('신문과 방송' 2001년 8월 호, '정달영의 기자론 기사론 8')

다시 '휴일 탐방-김수환 추기경 편'은 이렇게 끝맺는다. "우리 발은 깊이 흙탕물에 젖어있습니다/그러하오나 주여!/하염없는 참회의 눈물을 머금은 채/한결같은 소망은/저 맑고 푸른 하늘 높이/당신 어전에까지 날고 싶사옵니다.(추기경의 기도 시는 참회와 희망으로 끝나고 있다. 가혹한 시련 속에서도 '당신'을 두려워한 '당신의 백성'의 희망으로!)" 심지어, 기사는 '괄호'를 쓴다. 괄호로 묶어 숨기려는 기자의 공감과 감동은 괄호를 씀으로써 보이듯 명확하다. 기사가 냉정하고 객관적이어야 한다는 정형(定型)은 무참히 깨진다. 하지만 암울한 시대를 사는 백성들에게 '예언자가 전하는 희망의 말'은 훌륭히 전해지고 있지 않은가! 기자 정달영은 그 소명에 충실했다.

데스크가 된 정달영은 1980년 9월 '한국의 성지'를 기획해 연재했다. 그는 언젠가 다른 글(관훈저널 2002년 여름호, '취재비화')에서, "문화부장으로서의 나는 (중략) 문화면 연재물로 '한국의 성지'를 기획한 일이 있던 터다. 이충우 차장이 담당한 이 연재는 천주교가 이 땅에서 자발적으로 받아들여진 일과 엄청난 유혈을 몰고 온 문화충

돌의 역사를 인물과 현장 중심으로 엮은 것이다." 종합 일간지로서는 매우 용기 있는 이 시도를 알아주셨을까, 김수환 추기경은 1981년 11월 23일 그리스도 왕 대축일에, "한국의 성지가 이 땅에 하느님의 말씀을 전파하는 데 큰 도움이 되었다"며, 서울대교구장 명의의 감사패를 그에게 수여해 각별히 챙겼다. 이 시기를 정달영 스스로 "부름과 응답"으로, 우연인지, 필연인지 모를 "그분의 뜻을 찾기 시작했다"고 고백했던 이유는 또 있었다.

정달영 칼럼의 확실한 독자

그가 추기경의 감사패를 받은 직후인 1981년 말. 한국일보는 '세계의 성지'를 기획, 첫 번째로 이스라엘 성지순례기의 연재를 당시 정달영 문화부장에게 맡겼다. 그 출장은 가톨릭 신자로서 정달영 프란치스코의 첫 성지순례였다. 1982년 1월 1일 자부터 15회를 연재한 '하늘의 길, 땅의 길'은 르포르타주의 전형으로 높게 평가받았을 뿐만 아니라 그가 평생을 간직했던 가톨릭 신앙의 의미 있는 전기였다고 할 수 있다. 그렇게 단언하는 것은 그가 "우연인가, 필연인가. 이 애매한 화두는 이스라엘 취재 이후 내 인생의 출장길에서 계속 그 답에 목마른 영원한 질문이 아닌가 한다"(관훈저널 2002년 여름호의 같은 글)라고 썼기 때문이다.

언론인 정달영은 1983년부터 한국일보 인기 칼럼이었던 '메아리'

의 고정 필진이 되어 칼럼니스트로서 명성을 얻는다. "기자 초년 시절의 '거짓말 잘 쓰는 기자'로 언제까지라도 머뭇거리는 기자에게, 어느 날 추기경께서는 기자가 쓰고 있는 기명 칼럼에 대한 관심을 비추셨다. "그 자료들은 어떻게 구하지?" 자신이 그 칼럼들의 확실한 독자임을 그런 말씀으로 밝혀주셨던 것이다."(가톨릭신문 1998년 6월 7일 자)

마지막 추기경 인터뷰 기사가 됐던 한국일보 1997년 3월 10일 자에서 그는, 추기경이 시애틀 한인성당 미사 집전 후 불렀다는 '애모' 개사곡을 길게 인용했다.

"하느님 난 당신을 알아요/하느님 난 당신을 느껴요/(중략) 오 하느님 난 당신을 사랑해요." 그는 훗날 "추기경의 사랑 노래를 직접 들을 수 있었던 것이 '추기경 쫓아다니기' 30년의 가장 큰 선물이었다"고 돌아봤다. 언론인으로서도, 신앙인으로서도 그는 김수환 추기경을 존경하고 사랑했다. 물론 자신과 김수환 추기경을 '우연인지, 필연인지' 모르게 만나게 하신 하느님을 깊이 사랑했을 것이다.

언론인 정달영은 추기경의 기도나 예언자적 메시지를 우리 사회에 전하는 소명을 완수하고 2006년 8월, 67세를 일기로 눈을 감았다. 정달영의 죽음을 마음 아파하셨을 김수환 추기경은 그로부터 2년 6개월여 뒤 선종하셨다. 두 분은 천국에서 여전히 인터뷰이(interviewee)와 인터뷰어(interviewer)로 만나고 계실까! 정달영의 둘째 아들인 필자는 두 분이 만나셨을 것이라고 믿는다.

09 언론과 언론인을 사랑하셨던 추기경

김지영

내가 김수환 추기경을 처음 알았던 것은 서울 동성중학교 3학년 때였다. 동성중고등학교에 새 이사장님으로 오셨던 것이다. 동성학교는 천주교서울대교구의 학원 법인으로서 서울대교구장은 당연직 동성학교 이사장직을 맡게 되는데, 그해 봄에 김 추기경이 서울대교구장 임명을 받으셨다.

그때가 1968년. 은퇴한 노기남 대주교의 뒤를 이어 46세에 주교에서 대주교로 승품과 함께 제12대 서울대교구장이 됐다. 그에 앞서 김 추기경은 마산교구 초대 교구장으로서 주교가 될 때에도 44세의 젊은 나이로 주교단의 막내 역이었으며, 불과 2년 만에 서울대교구장이 되신 것이다. 그리고 1년 뒤 1969년 4월, 이번에는 추기경에 임명되었다. 당시 47세, 전 세계 추기경 134명 가운데 최연소였다.

교황을 보필하고 교황선거권과 피선출권을 갖는 고위 성직자, 한국 교회의 높아진 위상을 보여준 한국천주교회 2세기 만의 큰 경사였다.

나는 당시 선생님들과 신자인 친구들이 "큰 경사"라면서 "정말 훌륭한 분"이라고 하는 말들을 들었다. 하지만 나는 왜 경사인지, 왜 훌륭한 분인지 전혀 이해하지 못했다. 그도 그럴 것이 나는 그때까지 천주교와 아무런 인연이 없었던 것이다. 친가·외가를 막론하고 집안에서 천주교·개신교 등 그리스도교를 믿는 친척들은 거의 없었다. 친척들은 유교적 전통과 관습이 골수에 박힌 전형적 경북 유림이었다.

또 재학생 중에는 집안의 신앙을 따라 동성중학교에 입학한 소년들도 많았지만 나는 어쩌다 보니 응시를 한 경우였다. 이런 분위기속에서 나는 중고교 6년 동안 입교 권유도 많이 받았지만 늘 거부하거나 피했다. 중학교 1학년 때는 교리 시간이 있었고 신부님이 가르치셨는데 신부님이 한동안 나를 찾아 부르셨다. 내 교리 성적이 학생중에 가장 좋았다는 것이다. 그러나 나는 신부님을 피해 다녔다. 이런 나였으니 추기경에 대해 무엇을 알았겠으며 무슨 관심이 있었겠는가.

동성학교 문예반 활동하며 추기경을 뵙다

그러다 바로 면전에서 추기경을 뵙게 되는 기회가 생겼다. 나는 고교 때 문예반 활동을 했는데 2학년 때(1970년, 김 추기경의 서임 이듬해) 교지의 편집과 제작을 맡아 하면서 동성 선배들의 언론인 모임 '혜화클럽'을 탐방하는 특집을 기획했다. 때마침 12월 연말, 혜화클럽의 송년회가 명동 은행집회소에서 열리니 그곳으로 오라는 전갈을 받았다.

나는 혜화클럽 송년회에 취재차 갔다가 무어라 말할 수 없는 감화를 받았다. 먼저 김 추기경께 직접 인사를 드린 일이다. 추기경은 환한 얼굴로 반갑게 인사를 받으시면서 "나의 30년 후배시구먼!" 하고 웃으셨다. 김 추기경은 대구 성 유스티노 신학교를 졸업하고 서울로 올라와 동성상업학교의 5년제 소신학과정이었던 을조(乙組, 나중엔 소신학교로 따로 독립한다)를 다니셨던 것이다. 동성상업학교 졸업 후에는 일본 도쿄의 조치(上智)대로 유학을 하셨다.

다음으로 혜화클럽이 내 마음에 감화를 준 것은 모임의 분위기였다. 언론인 선배들은 지적이면서도 자유분방했고, 비판적이면서도 위트가 넘쳤다. 한마디로 스마트한 분들이었다. 때는 박정희 정권의 3선 개헌 통과 이듬해, 바로 한 달 전인 11월 13일에는 전태일 열사가 청계천에서 노동자들의 권리를 외치며 분신을 해 정국이 뒤숭숭했다. 이런 정치·사회 상황 속에서도 선배들의 대화는 거침이 없었고 한 선배는 전태일 열사의 투쟁을 소재로 한 팬터마임을 연기하기도 했다. 김 추기경은 혜화클럽 창설(1968년) 이후 초기 때부터 지원하시고 돌아가시기 전까지 내내 그 중심이 되어주셨다. 나는 고교 학창 시절에는 잘 몰랐으나 나중에는 알게 됐다. 김 추기경은 혜화클럽이나 모교도 물론 사랑하셨지만, 무엇보다 언론과 언론인을 사랑하신 분이라는 점을.

바티칸공의회 핵심 주제인 대중매체 역할

그분이 언론과 언론인들을 사랑한 데에는 배경이 있다. 김 추기경은 1956년, 독일 뮌스터대학 유학길에 올라 은사인 요셉 회프너 신부(나중에 추기경 서임)로부터 '그리스도 사회학'을 배운다. 또 당시 제2차 바티칸 공의회(1962~1965년)의 소식을 접하면서, 교회가 자성·쇄신하며 시대의 흐름을 읽고 변화하면서 세상과 소통해야 한다는 사실을 절감한다. 그러면서 공의회 핵심 주제 중의 하나인 대중매체의 역할에 대해 눈을 떴다. 귀국 후 가톨릭시보사(지금의 가톨릭신문) 사장으로 일할 때에는 세상의 사건과 흐름을 신앙적 눈으로 조망하는 주제의 사설을 지면에 자주 실었다.

김 추기경의 평생 고민 중 하나는 '어떻게 하면 제2차 바티칸 공의회의 정신대로 살 수 있는가'하는 것이었다. 그러면서 매스컴 사도직에 특별한 관심과 열정을 보여주셨다. 김 추기경은 마산교구장이던 1967년, 한국 천주교 주교회의에 매스컴위원회가 설립되면서 초대 위원장이 된다. 그 뒤 김 추기경은 가톨릭저널리스트클럽과 같은 언론인 단체, 가톨릭 언론상, 가톨릭 가요대상 등을 만들어 운영했다.

아무튼 고교 시절 나는 혜화클럽 탐방 취재 후 "나도 기자가 돼야

지" 하는 마음을 먹었던 것 같다. 김 추기경에 대해서도 '훌륭한 분, 자비로운 분'이라고 마음에 새겼다. 하지만 그분에 대한 자비롭고 온화한 이미지를 일거에 깨는 일이 생겼다. 졸업식 때였다. 행사의 거의 마지막인 '1년 정근상' 시상 순서, 동기생 H군이 대표로 연단에 올랐다. 그는 상을 받고는 뒤로 돌아 상장을 든 두 팔을 높이 들고 장난스럽게 흔들고 또 흔들었다. 가장 작은 상을 수상했다며 자신을 조롱하는 것 같기도 했다. 졸업생 자리와 하객 석에서는 "와~"하고 웃음과 환성이 터져 나왔다. 그리고 나서는 웬일인지 장내가 어수선하고 산만해졌다.

곧 이사장인 김수환 추기경이 격려사를 하러 연단으로 나오셨다. 그런데 표정이 굳어진 추기경은 준비해온 메모지를 덮고는 즉석연설을 하시는 것이었다. 졸업생들이 뜻깊은 졸업식장에서 진지한 구석이라곤 없이 경망하게 군다고, 사회에 나가 무엇이 되겠느냐면서 크게 나무라셨다. '사건'은 거기에서 그치지 않았다. 졸업식 행사가 끝나고, 교무주임 선생님이 H군을 교무실로 불러 질책하면서 졸업장을 손에 든 제자의 두 뺨을 때렸다. H군의 얼굴이 벌겋게 부어올랐다.

"미안합니다" 허리 굽혀 사과한 추기경

그로부터 15년의 세월이 흘러 1987년 12월, 동성고교는 개교 80주년을 맞았다. 본 행사가 끝나고 저녁에 시내의 큰 호텔에서 총동문회가 주최한 뒤풀이 행사가 열렸다. 김 추기경도 오셨다. 추기경은 동문들의 행사에는 언제나 지지와 후원을 아끼지 않으셨고 당신의 시간을 쪼개 웬만하면 동문 행사에는 참석하시려고 애를 썼던 분이었다. 김 추기경은 행사장 전면의 의자에 앉아 계셨다. 그런데 사회자 마이크를 잡은 이가 다름 아닌 H군. 당시 대기업 직원이었던 H군은 행사 진행 중 15년 전 졸업식장에서 김 추기경의 꾸중과 이로 인해 교무주임 선생님에게 맞았던 일화를 소개했다.

그 순간, 바로 옆에 계시던 추기경은 깜짝 놀라며 당황하는 표정이 역력했다. 곧 김 추기경이 일어나셨다. 그리고 H 군에게 허리를 거의 90도로 굽히며 사과하시는 것이었다. "황 동문, 미안합니다"라는 말과 함께. 이번에는 H군과 전체 동문들이 모두 깜짝 놀라고 당황해, 자리에서 일어나거나 마주 허리를 굽히며 어쩔 줄을 몰랐다.

나는 대학을 졸업하고 신문기자가 되면서 김 추기경을 뵐 기회가 많아졌다. 그렇다고 취재 관계로 그리된 것은 아니었다. 기자가 되면서 우선 김 추기경을 어른으로 모시고 있는 혜화클럽에 가입하게 됐기 때문이다. 혜화클럽은 최소한 연말 송년회만큼은 반드시 김 추기경이 참석하실 수 있도록 일정을 조율했다. 김 추기경은 혜화클럽 모임에 오시면 언제나 즐거워하셨다. 농담도 잘 하셨다. '삶은 계란' 이야기도 그중 하나다. 지방 어느 대학에 '삶이란 무엇인지'에 대해 강의를 하러 열차를 타고 가시는데 아무리 생각해도 그럴듯한 아이디어가 떠오르지 않던 차에, 마침 통로로 지나가던 간식 판매원이 "삶

2003년 김수환 추기경 단독 인터뷰를 마치고.

영혼을 풍족케 하고
만족케 하는 것은
풍부한 지식이 아니라
사물의 내용을 깊이 깨닫고
맛보는 것입니다.

선종하시기 전 해인 2008년, 가톨릭언론인회 전현직 임원들이 찾아뵈었다. 김추기경님 바로 왼쪽이 필자.

언론이 진실을 보도하면
국민은 빛 속에서 살 것이고
언론이 권력의 시녀로 전락하면
국민은 어둠 속에서 살 것입니다.

은 계란이요, 삶은 계란~" 하기에 귀가 번쩍 뜨이시더라고 했다. 그
래서 그날 강연의 리드는 "여러분 삶이 무엇인지 아십니까, 삶은 계
란입니다"로 시작하셨다는 것이다. 혜화클럽에선 노래도 몇 차례 부
르셨다. KBS의 한 방송 프로그램에서 김수희의 히트곡 '애모'를 개
사해 부르신 건 잘 알려져 있지만, 내 기억으로는 혜화클럽 모임에서
먼저 부르셨다.

1993년 6월 어느 날, 서울 프레스센터 홀에서 동성고 출신 전 현
직 언론인 70여 명이 모인 가운데 혜화클럽 재창립 대회가 열렸다.
이날도 김 추기경은 시종 매우 기분 좋은 얼굴로 담소를 나누시고 내
가 따라드린 폭탄주도 한 잔 받으셨다. 물론 드시는 척만 하셨지만.
그리고는 전체 동문들과 둥글게 손에 손을 잡고 동성학교 교가를 2
절까지 함께 부르셨다. 유쾌한 분이었다. 동시에 참으로 진지한 분이
었다. 모임에 오시면 유쾌하게 대화를 나누시면서도 반드시 언론의
책임, 언론인의 자세에 대해 외국 동향이나 국내문제, 2차 바티칸 공
의회 정신과 연관 지어 한 가지쯤은 짚으며 당부 말씀을 하셨다.

"공권력을 투입하려면 지금 나를 밟고 가라"

김 추기경이 진지하게 말씀하실 때는 정말로 온 세상이 진실해지
는 느낌이었다. 1987년 명동성당에서 박종철 군 추모미사 때 당국을
향해 외친 말씀은 모두가 기억하고 있다. "공권력을 투입하려면 지금

나를 밟고 가라."

또 김 추기경이 평화방송·평화신문에 이렇게 말씀하실 때다. "1970~80년대 격동기를 헤쳐 나오는 동안 진보니, 좌경이니 하는 생각을 해 본 적이 없다. 정치적 의도나 목적을 두고 한 일은 더더욱 없다. 가난한 사람들, 고통받는 사람들, 그래서 약자라고 불리는 사람들 편에 서서 그들의 존엄성을 지켜 주려고 했을 따름이다. 그것이 가난하고 병들고 죄지은 사람들에게 둘러싸여 사시다가 마침내 목숨까지 십자가 제단에 바치신 예수 그리스도를 따르는 길이라고 믿었다."

나는 기자로서는 단 한 차례, 김 추기경을 만나 뵈었다. 경향신문 편집국장으로 일하던 2003년 11월 3일 '김수환 추기경'을 인터뷰한 것이었다. 당시 김 추기경은 어떤 언론과도 접촉을 하지 않고 있었다. 잘은 모르겠지만 전후 상황을 미루어 짐작건대, 언론매체들이 김 추기경의 말씀을 아전인수 격으로 해석해 보도했기 때문이 아닐까, 나는 그렇게 생각하고 있었다. 그러고는 '어떤 언론과도 일절 만나지 않는 김수환 추기경'을 인터뷰해 신문에 단독 보도한다면, 그것도 큰 보람일 것이라는 기자의 본능이 꿈틀거렸다. 고교동기로서 나보다는 김 추기경과 더 가까운 것으로 보이는 원종배 아나운서에게 사정했다. "동성 30년 후배의 부탁을 받아주시도록 어떻게 잘 말씀을 드려 달라"고 했다. 결국 김 추기경은 일절 손을 내저으시던 언론 인터뷰를 30년 후배에게 허락했다. 인터뷰는 장식물이라곤 전혀 없이 책과 늦가을 오전의 정갈한 햇살만 가득한 집무실에서 한 시간여 동안 진행했다. 김 추기경의 연세도 어언 82세, 가끔 질문하는 내 말소리가 잘 들리지 않는다면서 "이게 다 순리"라고 말하며 웃으시기도 했다. 어린 아기처럼 아무런 집착 없이 해맑고도 따뜻한 미소였다.

30년 후배의 간청에 인터뷰 허락해 주신 추기경

나는 김 추기경 인터뷰 내용을 한 지면 전면에, 두 차례에 걸쳐 게재했다. 당시 김 추기경님과의 인터뷰 내용 일부를 소개한다.

"나이가 드니 사람도 아름답고, 자연도 아름답고, 모든 게 아름답게 느껴집니다. 살 날이 많지 않아서 하직인사를 하려고 그러는 것이겠지요, 하하."

"최근 어느 단체에서 한국에 거주하는 외국인 634명에게 한국인의 윤리성, 공공성, 신뢰성, 가치관에 대해 묻고 최악을 1점, 최고를 7점으로 정했습니다. 윤리성은 2점, 공공성은 2점을 약간 넘었고, 신뢰성은 3점이었습니다. 한국인의 가치관은 '돈과 권력'에 기울어져 있다는 결과가 나왔고요. 한국인은 물질적이고 외적인 성취에 빠져 있다는 겁니다. 사실 인간의 목적은 보다 높은 곳에 있는데 말입니다."

"제2차 세계대전 당시 학살에서 살아남은 유태인의 이야기입니다. 빅토르 프랭클린이 쓴 '죽음의 수용소에서'를 보니 절체절명의 절망적인 상황에서도 유태인들은 '우리는 삶에 대해 예스(Yes)라고 하겠다. 삶은 의미가 있다'고 가사를 붙여 노래했다는 겁니다. 삶에 대해 긍정적으로 보는 자세가 중요하지요. 우리는 물질적으로 호사스럽게 살기 위해 돈과 권력에 목표를 두는 사람이 많고, 또 그게 이뤄지지 않으면 자살하기도 합니다."

"생명 31운동은 지난해 시작됐습니다. 모자보건법 제정 31년째인 올해를 기점으로 이제부터는 생명을 존중하자는 뜻에서 지은 이름입니다. 모자보건법은 인구를 줄이기 위해 정부에 의해 만들어졌고 인구 절감뿐 아니라 여러 가지 이유로 낙태를 자행하도록 했습니다. 이제는 더 이상 생명을 함부로 해선 안됩니다. 이 땅의 생명이 소중함을 홍보하고 교육해야 합니다. 이렇게 엄청나게 뱃속 어린이를 죽이고, 자살하고, 교통사고로 죽고 있으니, 생명이 이처럼 대접받지 못해도 되는 겁니까. 게다가 요즘의 젊은 세대는 아이도 잘 낳지 않으려 하는데 우리도 모르는 사이에 스스로 자멸의 길을 가고 있는 겁니다. 복음에서는 '사람이 자기 생명을 잃으면 세상 모두를 얻어도 무슨 소용이 있느냐'고 했습니다. 과학자들은 200억 년 전 우주가 생기기 시작한 빅뱅을 이야기합니다. 대폭발 후 생명을 낳기 위해 우주가 생성된 것이며 그뒤 긴긴 세월 동안 진화 발전한 이유도 인간의 태어남을 위해서입니다. 우주의 생성 목적은 바로 생명을, 더 나아가 인간 생명을 위함입니다. 우주 발전의 정점이 바로 생명이요, 인간의 생명인 것입니다. 그런 생명을 우리 마음대로 할 수 있는 것처럼 생각하니 문제입니다. 요즘 정치·경제적으로 어려움이 많다고 하지만 사실상 가장 큰 문제는 생명의 소중함을 잃어버린 것입니다. 그 결과 삶의 의미를 확실히 가지지 못하게 되고 생명경시 풍조가 만연한 겁니다."

"교회의 대형화가 걱정스럽습니다. 가톨릭에서 소공동체 운동을 열심히 하는 이유도 가정과 가까운 이웃에서부터 공동체적인 사랑의 나눔을 실천하기 위함입니다. 부부, 부모와 자식, 이웃 간에 함께 기도하고 서로 걱정을 나누는 소공동체가 많아져야 그런 문제가 해결됩니다."

"가난의 대물림은 정부 차원에서 방지해야 합니다. 집을 지어도 가난한 이를 우선으로 지어주고, 정책적으로 가난한 이가 희망을 갖도록 정부가 노력해야 합니다. 정치인들도 선거 때만 국민에게 굽실거리지 말고 언제든 가난한 사람에게 봉사하는 사람이 되어주십시오. 요즘 성직자나 일반 시민들 중에서 어려운 이들의 손을 잡고 함께 하려는 이들이 적지 않습니다. 이런 이들도 주위에 있으니 인생이 어렵더라도 절망하지 마시고 유태인처럼 최악의 경우에도 삶의 의미를 찾읍시다."

내 사진은 하늘나라로 가는 표라고 생각하시오

"원래 소식(小食)인데, 늙을수록 더욱 소식합니다. 죽지 않을 만큼만 먹어요.(김 추기경은 다시 해맑은 미소를 지었다. 그러면서 취재진에게 당신의 얼굴 사진이 든 열쇠고리와 묵주를 선물했다.) 정치하는 이들은 표를 얻기 위해 자기 사진을 돌리지만, 내 사진은 하늘나라로 가는 표라고 생각하시오. 하하⋯⋯."

나는 천주교 신자의 처지로 김 추기경을 만나기도 했다. 천주교에 대해서는 동성학교를 졸업했다는 것 외에 아무런 인연도 없고, 아무것도 몰랐던 나는 전혀 뜻밖에도 미국 클리블랜드에 연수 중이던 1995년 부활절, 그곳 한인 천주교회에서 세례를 받았다. 천주교 신자인 어떤 교민이 내 등을 성당 안으로 떠밀었고 그로부터 6개월간 교육을 받은 뒤였다. 그리고는 귀국해서도 또 등이 떠밀려 경향신문교우회장, 가톨릭신문출판인협회장, 가톨릭언론인협의회장 등을 차례로 맡게 됐다. 가톨릭언론인협의회 회장 일을 보고 있던 2008년, 전현직 회장들과 함께 혜화동 주교관에 계시던 '혜화동 할아버지'를 찾아뵈었다. 살아계신 김 추기경을 직접 뵌 것은 그때가 마지막이었다. 그 이듬해 2월 김 추기경은 선종하셨다. 나는 명동성당 대성전에 안치된 김 추기경을 찾아뵙고 그 뒤로는 늘 가슴속에 모시며 뵙고 있다.

10 말씀으로 세상 구하는 교회
진실로써 세상 이끄는 언론

최홍운

김수환 추기경은 독일 유학을 마치고 귀국한 직후인 1964년부터 2년 동안 가톨릭시보(지금의 가톨릭신문) 사장을 역임했다. 그 기간은 제2차 바티칸공의회(1962~1965) 기간과 겹쳐 동화통신과 계약하고 공의회 소식을 직접 번역해 빠짐없이 국내에 알렸다. 유학 기간(1956-1963) 중 유럽 교회와 세계의 변화를 목격하고 이 공의회를 개막한 성 요한 23세 교황의 웅대한 뜻을 현장에서 확인하고 그 중요성을 깊이 인식했다.

김수환 추기경은 제2차 바티칸공의회 정신을 "교회는 세상 안에, 세상을 위해, 즉 인류의 구원을 위해 있고 따라서 세상을 향해 열려 있어야 한다"라고 봤다. 1970~80년대 교회가 적극적으로 사회 참여한 근본 이유도 공의회 정신에 따른 것이라 했다. 결국 이 세상에서 가장 존귀한 존재인 인간을 위한 것이라고 한다.(1995년 11월 23일 서울대 강연에서) 추기경은 이 공의회 정신으로 일생을 사셨다.

이 공의회는 매스커뮤니케이션의 중요성을 인식하고 교회의 가르침을 공의회 문헌으로 격상한 최초의 공의회이기도 하다. 공의회 기간 중인 1963년 처음으로 반포된 '사회 커뮤니케이션 매체에 관한 교령' 「놀라운 기술」(「Inter Mirifica」)이다. 하느님의 선물인 신문, 방송, 인쇄기 등 매스 미디어의 선용을 강조하고 복음을 전파하는데 적극 활용할 것을 권고하고 있다.

교회는 원초적 언론

요한복음은 그리스도를 말씀이라 하고 말씀은 하느님이시며 구원의 역사를 이루시기 위해 사람이 되셨다고 한다.

> "교회는 말씀이신 예수 그리스도 위에 세워져 있습니다. 그리고 이 말씀이신 예수님의 전달로써 세상에 진리와 정의와 사랑의 증진을 가져오고, 인간을 구원하며, 평화를 이룩해 감을 사명으로 삼고 있습니다. 교회는 참으로 하느님으로부터 그 사명을 받은 원초적 언론이라고 말할 수 있을 것입니다."(1987년 5월 26일 홍보주일 특별 강연에서)

그러므로 하느님 말씀의 전달로 세상을 구하는 사명을 지고 있는 교회와 세상 사람을 바른 길로 이끌어가야 하는 사명을 띤 신문, 방송 등 언론 사이에는 깊은 관계가 있다는 것이다. 그렇다면 성직자와 언론인은 어떤 연관성이 있을까. 김 추기경은 언론인이라는 직업을 성직에 가까운 천직이라고 했다. 추기경의 강연은 계속된다.

"비록 교회의 구원 차원은 현세만이 아니고 영세에까지 미치는 것이지만, 그러나 우리가 살고 있는 이 세상을 진리와 정의의 선포 및 사랑의 확산으로써 보다 인간다운 사회, 보다 인간다운 세계로 만들어 가는 데는 양자가 거의 같은 사명을 지고 있습니다. 그 때문에 언론인을 그가 지고 있는 사명의 신성함에서 볼 때 성직에 가깝다고 생각합니다. 분명히 언론인은 단순히 그 분야의 전문 기술자가 아닙니다. 그의 직업은 인간과 사회에 진실로써 봉사해야 하는 천직입니다."

성직과 같다고 믿고 시작한 기자생활

내가 대학 졸업을 앞두고 치른 서울신문사 입사 시험 때가 생각난다. 필기시험 후 있은 면접시험 때 한 면접관이 "가톨릭 사제가 되려다가 왜 신문기자가 되려고 하느냐?"고 물었다. 나는 주저 없이 "사제가 하는 일이나 기자가 하는 일이 같다고 생각해서입니다"라고 대답했다. 사실 신학교를 나와 신문학과를 선택한 이유도 그 때문이었다. 대학 졸업 논문 주제도 대구 지역 언론인 100여 명을 면접 조사한 「언론인의 사명의식 – 대구지역 언론인들을 중심으로」이다.

그 후 교회와 언론, 성직자와 언론인 사이의 연관성을 이토록 구체적으로 전해 들은 건 김 추기경의 강연이 처음이었다. 그러나 과연 나는 십자가에 죽기 위해 걸어가는 성직자의 자세로 기자 생활을 했던가. 진실로써 세상을 바른 길로 이끄는 사명을 충실히 수행했던가. 아니다. 이 글을 준비하면서 추기경께서 가신 길을 따라가다 보니 한없이 부끄러워졌고 크게 뉘우치기도 했다.

나는 경북 영천에서 태어나 서울 소신학교(성신중·고교)를 졸업하고 광주 대신학교(대건 신학대학, 지금의 광주가톨릭대학교) 2년 반을 다닌 뒤 한양대학교 신문학과를 나와 서울신문 수습 21기로 기자가 되어 오늘까지 언론인으로 살고 있다.

1966년 고교 2학년 때, 김수환 추기경을 처음 만났던 기억을 지울 수 없다. 그해 2월 15일 신설 마산교구 초대 교구장이 된 추기경께서는 신학교 동기인 당시 소신학교 교장 김정진 신부를 만나러 자주 신학교를 찾아왔다.

바깥 사회와 단절된 생활을 하던 어린 신학생들에게 누군가 찾아오면 무조건 좋았다. 대개 푸짐한 음식(신학교 용어로 대포)을 갖고 오기 때문이다. 추기경도 빈손으로 오지 않으셨다. 성당에서 기도할 때나 식당에서 음식을 먹을 때면 언제나 우리들 한 사람 한 사람에게 그

1965년 가톨릭시보 사장 시절, 공의회 관련 기사를 번역하는 김 추기경. 우측은 1986년 상계동 철거민들과의 성탄 미사 장면. 1970~80년대 김 추기경은 수시로 제 할 일 못하는 언론을 준엄하게 꾸짖었다.

억한 눈길로 따뜻한 미소를 주셨다. 복도에서 마주치기라도 하면 누구에게나 머리를 쓰다듬어 주시며 다정하게 용기를 북돋워 주셨다.

소신학교 자주 찾으셨던 뜻은

지금 생각하니 동창 신부를 만나고 싶기도 했겠지만 청소년 시절 자신이 머물던 '못자리'(Seminarium)가 그리워서였을 것으로 여겨진다. 소년 김수환은 대구에서 태어나 "너는 신학교에 가야 한다"는 어머니의 말씀에 순종해 대구 성 유스티노신학교 예과에 들어가 소신학교 본과 과정의 서울 동성상업학교(지금의 동성 중·고교) 을조에 진학했다. 을조의 신학생들은 낮에는 갑조의 일반 학생들과 같이 공부하고 나머지 시간은 기숙사에서 엄격한 규칙 생활을 했다. 그 기숙사 자리에 나중에 소신학교인 성신중·고등학교를 세웠다.

자신을 길러준 그 '못자리'(신학교)를 주교가 되어 다시 찾은 김 추기경은 무엇을 생각했을까. 회고에 따르면 자발적으로 신학교에 들어가지 않아 신학교 생활에 그다지 애착이 없었고 오히려 퇴학당하기 위해 일부러 규칙을 위반하기까지 했다고 한다. 대신학교에 진학해서도 사제성소에 대한 확신이 서지 않아 학장 신부를 찾아가 "저는 제가 원해서 신학교에 온 것이 아니고 어머니께서 가라고 하셔서 입학했으니 이제 자퇴하겠습니다"라고 했으나 받아들여지지 않았다.

그러니 사제 수업에 전념하기보다 어린 마음에 고향 생각, 어머니에 대한 그리움에 젖어 밤잠을 이루지 못한 날이 많았다. 김 추기경은 여리고 방황하던 청소년기의 자신을 되돌아보며 바로 그곳에서 그 길을 따라오는 새까만 후배들에게 깊은 애정과 안쓰러움, 짙은 연민의 정을 가졌으리라.

또 청일전쟁에 이어 태평양전쟁을 획책하던 일제의 발악적 수탈과 만행 앞에 무력한 조선의 소년으로서 치솟는 분노를 꾹꾹 누르며 쌓인 울분을 되새겼을 수도 있겠다. 특히 수신 과목 시험 칠 때의 소동을 김 추기경은 두고두고 잊지 못했다. 김수환 소년은 천황에 대한 황국신민으로서의 소감을 묻는 문제가 나오자 "첫째, 나는 황국신민이 아니다, 둘째, 그러므로 소감이 없다"라고 써 제출했던 일은 너무나 유명하다.

학교 전체가 발칵 뒤집어졌고 교장 장면 박사(제2공화국 국무총리)에게 불려가 뺨을 맞는 등 심한 꾸지람을 들었다. 장면 교장은 학교와 김수환 학생을 보호하기 위해 속마음을 감추고 그토록 과장된 행동을 취했다고 회고했다. 장면은 김수환 신학생이 대신학교 진학 후 일본 조치(上智)대학으로 유학갈 수 있게 적극 도왔다. 그 조치대학에서 사제 서품 후 김수환 신부가 독일 뮌스터대학으로 유학 갈 것을 권유하고 추천한 예수회 소속 게페르트 신부를 만나게 되니 하느님의 뜻은 참으로 오묘하고 헤아릴 수 없다.

김 추기경은 자신이 한 발 한 발 주님의 제단으로 다가가 사제가 된 것은 자신의 의지나 힘이 아니라 전적으로 주님의 부르심이며 사랑이라고 했다. 내가 추기경을 처음 만나던 고교생 때 그분은 주교회의 매스컴위원회 위원장이셨으니 나중에 기자가 되어 가톨릭언론인회 일을 하면서 이런저런 일로 자주 뵙고 가르침을 받게 된 것과 무관하지 않다는 생각이 든다. 1969년 5월 20일 모교인 소신학교 운동장에서 거행된 한국인 최초의 추기경 서임 축하 미사와 축하식에도 참석했다. 그때 나는 대신학교 진학 후 서강대에서 위탁생으로 철학을 공부하고 있었기에 그 자리에 갈 수 있었다. 큰 영광이요 기쁨이었다.

주님께서 뽑아 세우신 추기경의 길

한국인 최초의 추기경 앞에는 고난의 십자가 길이 기다리고 있었다. 추기경 직에 오르자마자 박정희는 3선 개헌을 강행해 1971년 힘겹게 대통령이 되었으나 1972년 종신 집권 야욕에서 유신독재를 시작한다. 그러나 불과 7년 만에 비참한 최후를 맞았다. 1980년 서울의 봄이 오나 했더니 포악한 전두환 노태우를 중심으로 한 신군부는 5·17쿠데타를 일으켜 광주민주화운동을 총칼로 짓밟고 군사독재시대로 이어갔다.

김 추기경은 70년대와 80년대를 여는 새해 벽두에 힘든 고난의 길을 예고하고 교회와 신앙인의 길을 제시했다.

"70년대에는 교회나 개개인의 신앙생활에 많은 시련이 닥쳐오겠지만 그럴수록 신앙의 본질은 더욱 뚜렷이 드러날 것이고 보다 더 순수한 본연의 자세로 점차 돌아갈 것이다. 또한 그래야만 교회나 신앙인은 존속할 수 있을 것이다."(1970년 1월 1일 가톨릭시보 지령 700호 기념 축사)

김 추기경은 '80년대를 맞아 대오각성해야'라는 서울대교구장 신년사를 통해 1970년대 가톨릭교회의 인권운동을 정리하고 "가난한 사람들에 대한 더 깊은 투신을 위해 우리의 고난을 드러내자"며 다시 각오를 다졌다.

그 혹독한 길을 추기경은 고통을 피해 가지 않고 그대로 받아들이셨던 그리스도와 함께 걸으셨다. 오직 핍박받고 굶주리며 헐벗고 오갈 데 없는 이들만을 바라보며 그들과 함께 사셨다.

김 추기경은 이 기간 동안 제 할 일 못하는 언론에 대해서는 수시로 준엄하게 꾸짖으셨다.

1978년 6월 5일 명동 대성당 기도회를 잊을 수 없다. 정의평화위원회 주최로 열린 기도회에서 김 추기경은 성당 안팎을 가득 메운 전국의 성직자, 수도자, 평신도, 시민들 앞에서 분노와 안타까움이 묻어나는 목소리로, 그러나 예의 당당한 자세로 언론을 질타했다.

"동일방직 여성 근로자 126명이나 해고되고, 그 와중에서 상당수의 사람들이 구속 및 입건되는 사태까지 빚고 있는데도 주요 일간지와 방송 미디어들이 오늘까지 한마디도 여기에 관해서 보도하지 않고 있습니다. 그밖에도 우리가 아는 여러 가지 사건들이 언론의 침묵 속에 묻혀 버렸습니다."

2년 차 기자로 경찰서에 출입하던 나는 추기경의 강론이 이어질수록 쥐구멍이라도 찾아 숨고 싶었다. 추기경은 물론 만나고 싶던 선배, 동기, 후배 사제들과 마주 할 용기가 나지 않았다. 도망치듯 그 자리를 벗어났다.

철창 속 선배들은 당당했다

동아자유언론실천투쟁위원회(동아투위) 선배들과 만나는 일도 너무 괴로웠고 부끄러웠다.

1974년 10월 24일 '동아자유언론실천선언'으로 '동아광고사태'를 거쳐 1975년 3월 17일 강제 해직된 기자, 프로듀서, 아나운서 등 133명 중 113명이 그날 오후 동아투위를 결성했다. 동아투위는 자유언론실천선언 4주년이던 1978년 10월 24일, 이른바 '제도언론'에서 보도하지 않은 민주·인권 사건 125건의 일지를 '동아투위 소식'에 싣고 유신헌법과 긴급조치 9호를 철폐하라는 내용의 성명서도 발표했다. 모두 10명이 구속되었다.

구속 영장이 발부되기 전까지 종로경찰서에 머무는 동안 우리는 그들을 마주쳐야 했다. 철창 속에서 대기하던 선배들은 당당했고 철창 밖의 후배 출입기자들은 초라했다. 동아투위 113명 가운데 34명이나 그렇게도 원하던 복직의 소망을 이루지 못하고 숨져 마음이 더욱 아프다.

1972년 10월 유신헌법 투표 때 나는 공군 복무 중이었다. 참모들이 보는 앞에서 시행한 공개투표에서 반대표를 찍어 다른 부대로 강제 전출되었고, 1974년 10월 동아자유언론실천선언과 그 이후 광고 사태가 진행될 무렵엔 제대 말년 병장으로서 그 내용을 내무반원들에게 소상하게 설명했던 나였지만 막상 기자가 되어 그분들 앞에 서니 너무나 부끄러웠다.

1987년 서울대생 박종철 군 고문치사 사건이 폭로되고 연세대생 이한열 군이 학교 앞 시위 현장에서 최루탄 파편을 맞고 결국 숨지자 민주화를 요구하는 시민 학생들의 함성이 절정에 이르렀다. 결국 노태우의 '6·29 항복 선언'이 나왔다. 각 언론사에서도 젊은 기자들을 중심으로 더 이상 진실을 외면할 수 없다는 운동이 일어났다. 특히 그해 5월 18일 있었던 서울신문 기자들의 이진희 사장 퇴진운동은 언론계는 물론 각계에 엄청난 파장을 일으켰다. 당시 국내 언론에는 일체 보도되지 않았지만 뉴스위크와 일본 신문 등은 "정부계 신문(government paper)의 젊은 기자들이 반정부 선언을 하고 나섰다"고 타전했다.

용기 낸 서울신문 기자들 격려한 추기경

선임 기자였던 나를 비롯해 50여 명의 기자들이 서명하고 기자 총회를 열어 "이 모든 것은 이진희 사장이 공공연히 자행해온 독단과 전횡에 기인한다고 우리는 믿는다"는 내용의 성명서도 낭독해 이진희 사장의 즉각 퇴진을 요구했다. 정부 소유 주식 지분이 99%인 신문사에서 사장 퇴진 운동을 하기란 결코 쉬운 일이 아니었다. 젊은 기자들의 봉기 다음 날, 장세동 안기부장이 극비리에 신문사를 방문해 기자들을 자르지 못하도록 경고해 참여자들은 모두 경징계에 그쳤다. 이진희 사장은 한 달 후 야반도주했다.

김수환 추기경은 1주일 후인 5월 26일 홍보주일 특별 강연에서 서울신문 등 자유언론을 위해 투신하는 언론인들을 크게 격려했다.

"요 며칠 사이에 서울신문 편집국 기자 분들이 편집권 독립을 위하여 성명서를 냄으로써 언론 자유를 위해 최선을 다하고 계시고, 또 어제는 동아일보 기자 일동(124명)이 '민주화를 위한 우리의 주장'을 발표하면서 역시 언론 자유의 회복이 민주화의 최선결 요체임을 밝힌 점

등은 참으로 박해와 희생을 무릅쓴 용감한 궐기라고 말하지 않을 수 없습니다. 저는 이런 분들이 있는 한, 그리고 이 같은 움직임이 끊임없이 지속되는 한 이 땅에 언론 자유는 반드시 회복된다고 믿습니다.”

서울신문 기자들은 추기경의 격려에 힘입어 이후 본격적인 노동조합 창립 준비에 들어가 1988년 4월 13일 아침 명동 YWCA 회의실에서 노조를 공식 결성했다. 단연 국내·외 언론의 집중 조명을 받았다. 정부 소유 신문에서 사장 퇴출 운동에 이어 노조를 만들어 편집권 독립은 물론 소유 구조 개편까지 요구하고 나섰으니 놀라지 않을 수 없었다.

서울신문은 국민의 신문이니 국민에게 돌려줘야 한다는 것이 노조 주장의 핵심이었다. 사실 서울신문은 1904년 7월 18일 창간한 대한매일신보로부터 시작한다. 양기탁, 박은식 등 당대 민족 지도자들이 영국인 베델을 앞세우고 고종의 비밀 내탕금을 포함한 전 국민 모금으로 세워진 우리나라 최초의 항일 민족지다. 1910년 국권 상실로 일제의 기관지 매일신보를 거쳐 1945년 해방과 함께 제호를 서울신문으로 바꿔 정부가 주인인 신문이 되었다.

추기경은 서울신문 노조 탄생의 원동력

서울신문 노조는 4·19혁명 때 사옥과 시설들이 불타기도 했던 오욕의 역사를 청산하고 국민의 신문으로 돌아가기 위해 편집권 독립과 소유구조 개편을 요구했던 것이다. 첫 해 단체교섭에서는 실패했다. 2대 노조위원장이 된 나는 1989년 6월부터 시작된 단체교섭이 9월이 되도록 진전이 없자 26일 동안의 언론사상 최장기 파업을 단행하고 4박 5일 동안 삭발 단식 농성까지 벌였다.

사활을 건 투쟁을 했으나 절반의 성공을 거두고 2000년대 들어서야 후배들에 의해 편집국장 직선제가 도입돼 내가 편집인을 겸한 초대 직선 편집국장이 되고, 우리사주조합도 결성됐다. 편집국장 2년 동안 일체의 내외부 간섭을 거부한 채 바른 언론으로 거듭나기 위해 최선을 다했다.

편집국장 재임 기간 동안 가톨릭언론인협의회 회장직도 맡아 무척 바빴으나 보람도 컸다. 무엇보다 가톨릭 언론인으로서의 책무를 저버리지 말라던 추기경의 당부를 새기며 살 수 있었음은 얼마나 큰 다행이었던가. 특히 "언론이 어떠한가에 따라 그 나라의 사회가 어떤 사회인지, 어떤 가치관에 살고 있는지 판단할 수 있다"고 하신 1996년 3월 2일 가톨릭언론인협의회 정기 총회 미사 중 강론은 지금도 기억한다. 그만큼 언론의 책임이 막중하다는 말씀이었다.

그런데 지금 한국 언론의 현실은 어떠한가. 지나친 정파성과 상업주의로 신뢰도가 크게 땅에 떨어졌다. 정치권력의 지배에서는 벗어났으나 자본권력이 언론을 완전히 장악한 탓이다. 서울신문도 지난해 안타깝게 호반건설로 넘어갔다. 오늘도 김수환 추기경 영전에 죄인이 된 심정으로 용서를 청한다.

11

좌측도 우측도 아닌
오로지 그리스도 측인 분

/

김
성
호

　　서울 신촌 로터리에서 신수동 방향으로 조금 걷다 보면 내가 충청도 시골에서 올라와 다녔던 서강대학교가 나온다. 학교 정문에 들어서 앞을 바라보면 야트막한 언덕길 위 끝자락쯤에 세월을 머금은 듯한 4층 건물이 우뚝 서 있다. 한국 최고의 건축가 김중업이 설계하고 1959년 외국인 신부들과 수사들이 완공한 서강대 첫 보금자리 건물이다. 본관(A관)이라 불린 이 건물 앞 막바지 길옆에 소박한 동상이 하나 서 있다. 서강대를 설립한 독일인 테오도르 게페르트(1904~2002) 신부 동상이다. 게페르트 신부는 김수환 추기경이 1941년 일본 도쿄에 있는 조치(上智)대학 유학 시절에 만난 스승 교수이자 지도 사제였으며, 영적 멘토이기도 했다. 게페르트 신부와의 만남 없이 김 추기경이 있었을까. 나는 그 동상 앞에 서서, 게페르트 신부가 김 추기경에게 베풀었던 사랑과, 그분께 보였던 존경을 떠올리며 '만남'의 의미를 깊이 묵상한다. 이러한 만남이야말로 주님의 큰 은총이다.

김수환 추기경과 나의 만남은 대부분 가톨릭방송인협회, 가톨릭 언론인협의회 등 가톨릭 언론인 단체의 공적 모임에서였다. 다행히도 그 대부분이 기록물로 남아 있고, 내가 거의 소장하고 있다. 김 추기경과의 여러 만남 가운데 몇 가지를 추억하며 그리움으로 새기면서 기리고자 한다.

나는 충청도 농촌 면단위 소재 중학교에 입학했던 해 어느 날, 선고(先考: 돌아가신 아버지)께서 고향 집 마루에 앉아 보시던 일간지의 기사 하나를 지금도 잊지 못한다. 곁에서 지켜봤던 1면 톱에는 미국의 케네디와 닉슨이 대통령 선거 후에 승자와 패자로 만나 악수하는 장면이 실려 있었다. 타이틀에는 '민주주의는 관용과 아량으로'라고 쓰여 있었다. 내가 김 추기경을 기리는 데는 이처럼 관용과 아량의 표상이면서 이념과 진영에 갇혀있지 않고 통합으로 이끌어 갔던 거인이었기 때문이다.

1989년 가톨릭방송인협회 총무 시절

한국가톨릭방송인협회 총무 시절인 1989년 12월 2일, 1박 2일 일정으로 경기도 의정부 한마음수련장에서 '김수환 추기경과의 대화' 등의 프로그램을 기획하여 전국대회를 개최했다. 전국 각지에서 가톨릭방송인들이 200여 명이나 참가해 성황을 이뤘는데, 이는 한국가톨릭방송계 역사상 전무후무한 대사건이었다.

그 당시 가톨릭방송인 모임체는 운다(UNDA, The Catholic Association for Radio and Television)라고 불리던 교황청 산하의 국제가톨릭방송인연합회였다. UNDA의 어의(語義)는 'Wave'('파도'를 뜻하는 라틴어)로 라디오와 텔레비전의 전파를 상징한다. 1927년 대륙별, 국가별로 조직된 이 단체는 한국에서는 운다코리아(UNDA/Korea), 즉 한국가톨릭방송인협회로 불렸는데, 이는 시대와 세상의 변천에 따라 시그니스(SIGNIS, World Catholic Association for Communication)로 바뀌었다가 2022년 1월 가톨릭커뮤니케이션협회(SIGNIS/Seoul)로 재탄생하여 오늘에 이르고 있다.

1989년 제1회 한국가톨릭방송인대회 행사에는 KBS, MBC를 비롯해 영남권, 호남권, 충청권, 강원권 등 전국 각지에서 가톨릭방송인들이 대거 참가했다. 아마도 김수환 추기경 초청이라는 특별한 콘텐츠가 주효했던 것으로 판단된다. 1989년은 1970년대 유신 독재 정권, 1980년대 신군부의 폭정 등 30여 년간 암울한 시대를 거쳐 민주화 항쟁으로 민주 정부가 들어선 후로, 당시 김 추기경은 한국의 민주화 운동의 영웅으로 추앙받던 시기였다. 이 대회에는 당시 서강대 총장으로 재임하며 유명세를 치르던 박홍(1941~2019) 신부와 꽃동네 설립자 오웅진(1945~) 신부 등이 연사로 참여해 자리를 더욱 빛

1996년 UNDA/K 회장 시절 절두산 성지에서 김 추기경님과 방송사 가톨릭 교우회장단

내 주었다.

이 대회의 하이라이트는 '김수환 추기경과의 대화' 프로그램이었는데, 추기경께서는 밤늦게까지 방송인들과 마주하며 허심탄회하게 대화를 나눴다. 나는 이 1회 전국대회를 결코 잊을 수 없다. 우선 실무자로서 고생스럽기는 했지만 추기경과 밤늦게까지 오랫동안 나눈 대화가 참으로 좋았다. 추기경께서 이렇게 몇 시간 동안 시간을 내어 가톨릭방송인들을 격려했던 기억은 처음이었다. 더불어 이 대회를 못 잊는 또 한 가지 이유는 운다코리아 창립 초부터 외국인 사제에 이어 한국인 사제들이 맡아오던 회장 자리를 평신도 방송인에게 넘겼다는 사실 때문인데, 이러한 변혁도 언론의 중요성을 강조하고 방송인들을 격려한 김 추기경의 음덕이라고 생각한다. 마지막 사제 회장은 정치윤(1948~2007, 당시 개포동성당 주임) 신부였고, 평신도 출신

1998년 3월 한국가톨릭언론인협의회 정기총회 후, 김수환 추기경을 모시고 기념촬영했다.

의 첫 회장은 김영복(1937~2020, MBC 국제협력부장) 선배였다.

1996년 절두산 성지에서 두 번째 만남

두 번째 만남은 1996년, 절두산 성지로 기억한다. 김수환 추기경
과 가톨릭교우회 회장단과의 만남이었다. 주한 교황대사까지 참석한
것으로 보아 서울대교구청의 큰 행사인 성체대회가 아니었나 생각된
다. 사진 자료 이외에는 기록이 없어서 기억이 가물거리지만 분명한
것은 당시 절두산 성지 배갑진 주임신부가 초청하여 이루어졌다는
사실이다. 배 신부와의 인연은 1970년대 초반 육군 논산훈련소에서
부터 이어졌다. 그때 배 신부는 가톨릭대학 신학생으로 훈련소에서
군대 생활을 하고 있었고, 나도 KBS에 입사 후 논산 연무대 방송국

우리 곁에 왔던 성자

에서 군 복무를 하고 있던 중이었다.

당시 우리나라 사제 양성 전문 신학대학은 서울가톨릭신학대학과 광주대건신학대학 두 곳뿐이었다. 이 신학생들이 논산훈련소에서 군 생활을 많이 했는데, 이는 당시 훈련소장 정봉욱 소장의 특별 정책 때문이었다. 1970년대 초반까지만 해도 '논산'이 '돈산'으로 불리던 시절이었는데, 당시 논산훈련소에 입소한 신병들이 훈련을 마치고 일선 전후방 부대에 배치될 때, '돈'의 작용이 컸으므로 그런 말이 돌았다고 알려져 있다.

그래서인지 정 소장은 훈련소 내에서 문제가 생길 수 있는 인사참모부나 우체국 등에 신학생들을 많이 배치했다. '나라 공직자가 본받아야 할 청렴결백의 표상'이었던 정 소장은 신학생들을 크게 신뢰했다. 그는 잘 알려진 대로 6·25 전쟁 당시 가장 치열한 공방이 벌어졌던 다부동 전투에서 활약한 북한군 포병 중좌로서 1개 대대 병력과 함께 한국군 부대로 귀순했다. 나는 군대 생활에서 이 분을 따라 취재 녹음한 추억이 많은데, 2018년 작고하기 몇 년 전에 점심을 함께했던 기억이 선명하다. 이에 김 추기경이 떠오를 때면 참 공직자였던 정 소장이 함께 생각날 때가 많다.

가톨릭방송인 회장단과 김 추기경과의 만남은 배 신부가 당시 회장인 나에게 부탁해 절두산에서 이루어졌다. KBS에서는 강동순(전 시그니스 초대 회장), 원세영(전 KBS 교우회 총무), MBC에서는 역대 교우회장을 지낸 이건세, 윤재희, 문병화 및 차부안 형제, SBS에서는 장동욱(전 SBS 교우회장), EBS에서는 시길수(전 EBS 교우회장) 형제 등이 참석했다. 이들은 각 방송사에서 대부분 국장급으로 큰 활약을 하던 방송인들이었다.

이러한 만남이 있은 지 얼마 후에 김 추기경께서는 나를 명동성당 앞 한 식당으로 초청하셨다. 추기경은 메시지를 간접화하여 우회적으로 소통하는 명인이기도 했는데, 어느 사안에 대해 관련 견해를 물어보면서 해결 방안을 모색하게 했다. 당시 서울대교구장으로서 절두산 성지 주위에 고층아파트가 건립된다는 데에 걱정이 많았으므로 가톨릭방송인들로부터 의견을 듣고 싶었고 가톨릭 언론인들의 도움을 기대했던 것으로 보인다. 우리들은 추기경의 말씀을 듣고 나름대로 최선을 다했다.

1998년 가톨릭언론인협의회장 이취임식장에서

1998년 3월 7일, 나는 가톨릭 언론인 선배들로부터 한국가톨릭언론인협의회장에 징발됐다. '징발'이라는 표현을 쓴 것은 봉사가 싫어서가 아니라 가톨릭방송인협회 회장 임무를 마친 지 4개월밖에 지나지 않았기 때문이다. 20여 년간 총무, 부회장, 감사, 회장 등으로 봉사했기에 안식을 누리고 싶은 마음이 컸다. 그날 선배들로부터 붙들리다시피 정동 프란치스코회관으로 가보니 김 추기경께서 나와 계셨다. 서울대교구장 직을 내려놓기 3개월 전쯤이다. 추기경께서는 나를 보시더니 대뜸 "김 형제 해야지! 신문사 선배들이 IMF로 현장을 떠나잖아" 하셨던 기억이 떠오른다.

김 추기경께서는 그날도 미사 강론에서 언론인의 중요성을 여러 차례 강조했다. "사회의 목탁인 언론 종사자들이 인간의 존엄성을 깊이 인식하고 이를 지키기 위해 노력해 달라"고 당부했다. 그 자리에는 신문 출신인 봉두완(특파원, 앵커), 정달영(한국일보 주필), 류철희(서울신문 사회부장 출신으로 당시 충남 부지사 재직 중). 이충우(가톨릭평화신문 편집국장) 선배들과 방송 출신의 김현(KBS), 김영복(MBC) 선배, 출판인으로는 김태진(다섯수레 대표) 선배 등이 참석해 미사를 함께 봉헌했다. 이임하는 14대 회장 이화복(동아일보 과학부장) 선배는 신문 쪽의 이충우 선배 등이 나를 강력하게 추천했다고 했다. 나는 회장 2년 차인 1999년, 김 추기경의 언론인 사랑에 보답하는 차원에서 '가톨릭언론인신앙학교'를 창립했다. 이 신앙학교가 2022년 현재까지 23년간 이어져 오는 것도 김 추기경의 큰 배려 덕분이라고 느낄 때가 많다.

김 추기경을 생각할 때마다 나는 한국인들이 부족하고 아쉬운 측면을 지적했던 교훈을 잊을 수 없다. 그래서 대학 교수 시절에는 학생들에게 그 메시지를 강조하면서 솔선수범하려고 노력했다. 이 어른은 "우리나라 사람들은 다 좋은데, 정직성이 좀 부족하고 준법정신, 남에 대한 배려와 아량도 아쉬운 부분이 있다"라고 하셨다.

나는 가끔 이념과 진영에 매몰된 사제나 신자들을 보면서 우리 사회가 깊은 양극화 현상에 빠져 한민족의 역사적 회한이 재현되는 것이 아닌가 염려되기도 한다. '튼튼한 사회, 건강한 나라 만들기'가 김 추기경의 간절한 염원이라 생각한다. 우리 모두가 이 교훈에 귀 기울여 실천하며 한국 현대사의 위대한 지도자였던 김 추기경을 기리고 본받도록 힘써 나가야 한다. 어느 소설가가 얘기했듯이 김 추기경은 '좌측도 우측도 아니고 오로지 그리스도 측 사람'이었다.

김 추기경과 내 고향 합덕성당과의 인연

김 추기경 탄생 100주년을 기리는 참에, 추기경이 내 고향 당진 합덕과 인연이 있다는 사실도 알리고 싶다. 김 추기경 부모님께서는 1910년경 한때 합덕성당(내포지역 최초의 성당, 1890년 설립) 근처에 살면서 큰아들 김달수 옹을 낳았다. 천주교 서울대교구가 엮어 펴낸 『김수환 추기경의 신앙과 사랑』(1997, 가톨릭출판사)을 보면, 여러 곳(18쪽과 122쪽 등)에서 합덕이 언급되고 있다. 김 추기경 가족들이 합덕에서 얼마 동안 거주했는지는 알 수 없다. 다만 5남 3녀 가운데 셋째인 추기경 큰 형님 달수 옹이 1909년생이니 그 시기는 1910년 전후로 유추해 볼 수 있다. 김 추기경이 태어나기 10여 년 전인 데다, 시대 상황이 조선조 말, 일제 강점기 초기쯤으로 보이는데, 문헌에서 그 기록을 찾기가 쉽지 않다.

나는 가끔 모교인 서강대학교를 찾을 때마다 본관 쪽 언덕에 세워진 서강대 설립자 게페르트 신부의 동상을 바라보며 김 추기경을 묵상한다. 게페르트 신부는 김 추기경의 오늘을 있게 한 원동력이었다. 인생은 '만남'의 산물이다. 나는 이들의 만남이야말로 참으로 값지고 멋진 인생의 여정이었음을 절감한다. 김 추기경을 이끄신 게페르트 신부에게도 감사드린다. 두 분의 만남이, 추기경과의 나의 만남으로 이어진 셈이기 때문이다. 만남은 주님의 사랑이다.

12 참으로 유머러스하고 소탈한 추기경

나는 1985년 명동성당에서 김수환 추기경께 사제서품을 받았다. 이제 갓 신부가 된 내게 김 추기경은 가까이 다가가기 힘든 교구장이셨지만 어쩌다 뵙기라도 하면 가까운 후배를 대하듯 다정다감하게 대해주었다. 물론 그전부터 김 추기경이 한국사회의 민주화 운동에 불씨가 되고 횃불이 타오를 수 있도록 직간접적으로 활동하고 지원했던 사실은 잘 알고 있었다.

서품을 받은 지 3년 후에 명동성당 보좌신부로 발령이 났다. 1988년 명동성당 앞은 여러 민주화 운동 단체들이 벌이는 집회와 시위로 최루탄 가스가 끊일 새 없었다. 그런 때, 햇병아리 사제가 민주주의의 성역이자 민주화의 상징이었던 명동대성당의 주일학교와 청년단체를 맡았다. 당시 나는 대학생과 지식인 사회를 지배했던 이념

우리 곁에 왔던 성자   139

논쟁에 어두웠고 사회과학 책이나 마르크스주의 서적도 거의 읽어보지 못했다. 하지만 시위에 앞장서는 청년들과 자주 대화하면서 점차 그들의 고통과 우리 사회의 척박한 현실에 눈을 뜨게 되었다.

그 무렵 명동 성당을 올라가는 옆길에는 재개발로 삶의 터전을 잃은 상계동 철거민들이 텐트를 친 채 추위를 견디어내고 있었다. 교구장인 김 추기경은 그곳을 자주 찾았다. 몸소 텐트에 들어가 그들의 건강을 염려하고 이야기를 나누고 격려했다. 김 추기경은 가난한 이들을 위로하고 고통을 나누며 그들의 큰 버팀목이 되어주었다.

88년 명동성당에서 투신한 청년

그해 5월 15일, 나는 사제로 살면서 잊을 수 없는 엄청난 사건을 겪었다. 그날 명동성당에서는 민주화실천가족운동협의회(민가협) 주최로 '양심수 전원 석방, 수배 해제'를 촉구하는 집회가 열리고 있었다. 주일이었고, '명동성당 청년단체연합회' 주최로 광주 민주화운동 계승 마라톤 대회가 열리는 날이었다. 성당 마당에 모두 모여 출발하려는 순간 교육관 옥상에서 한 청년이 한반도 통일과 독재 타도를 외치며 자신의 배를 그은 뒤 12미터 아래 바닥으로 투신했다. 청년연합회 소속 가톨릭 민속연구회 회장 조성만 요셉이었다. 투신 직후 근처의 병원으로 옮겼으나 5시간 만에 숨졌다. 조성만 형제 발에 기름을 발라 종부성사를 줄 수밖에 없었다. 다음날 새벽 2시, 시신을 명

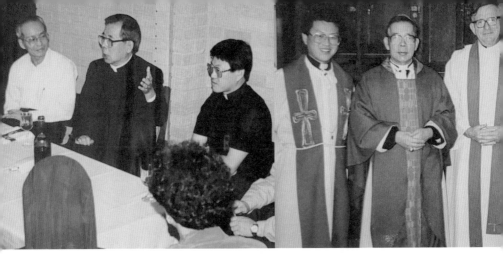

김 추기경은 미국 텍사스 주 포트워스에 방문해 주일미사를 집전하고 한인 신자들과 즐겁게 대화를 나눴다.

동성당으로 옮겨 빈소를 차렸다. '통일열사 고 조성만 민주 국민장'을 5일 장으로 치를 때 교회 윗분들은 이 청년이 자살했기 때문에 교리에 어긋나므로 성당에서 장례미사를 공식적으로 허가할 수 없다고 했다. 그러나 청년연합회는 조국을 위해 자신을 바친 열사니까 장례미사를 해달라고 했다. 양쪽에서 샌드위치가 된 나는 어느 쪽의 입장을 대변해야 할지 매우 난감한 처지에 있었다. 마침내 양쪽을 절충한 결과 장례미사는 성당에서 할 수 없었지만 망자를 위한 고별식을 행하기로 했다. 지금 생각해보면, 김 추기경께서 교구장으로서 조성만 열사의 영혼을 위해 고별식이라도 할 수 있도록 배려한 결과로 여겨진다. 나는 장례 버스에 올라 조성만 열사의 국민장에 참여했다. 명동성당에서 시작된 행렬에 수많은 시민과 학생들이 함께했다. 광화문을 지나 조성만 요셉 형제의 모교인 서울고등학교 자리에서 노제

우리 곁에 왔던 성자

를 지낸 후 광주 망월동 묘지로 떠나보냈다. 장례 현장에서 김수환 추기경을 직접 뵙지는 못했다. 하지만 그분도 조성만 열사가 가는 길에 마음으로 함께했을 것이다.

미국 텍사스 포트워스에서 추기경을 뵙다

명동성당 보좌신부로 6개월 간 사목을 하다가 고양 일산성당 주임으로 발령이 났다. 주임신부로서 첫 번째 본당이라 기대가 컸고 나름대로 사목을 잘해 보고자 하는 욕심도 났다. 그런데 부임한 지 2개월 만에 교구로부터 미국 유학을 가라는 통지가 왔다. 기쁘기도 했지만 한편으로는 주임신부로서 첫 본당에서 사목을 제대로 하지 못한 채 떠나야 한다는 아쉬움도 컸다.

텍사스 주 포트워스에 머물며 텔레비전, 라디오, 영화 등 미디어를 전공으로 석사과정을 공부하기로 했다. 같은 텍사스에 있는 대도시 댈러스는 미국 드라마를 통해 많이 알려진 데다 제법 큰 한인 공동체가 있었지만 바로 인접한 포트워스에는 작은 규모의 한인 공동체만 있었다. 한인 성당도 없었기 때문에 신자들은 대부분 인근 댈러스 한인 천주교회를 다니고 있었다. 나는 성당 설립을 원하는 신자들의 깊은 열망을 받아들여 한인들 중에 천주교 신자들을 모아 포트워스 한인 천주교 공동체를 설립했다. 약 30가구 정도의 소규모 공동체였지만 포트워스 교구장 인준을 받아 포트워스 한인 천주교회가 생기니 신자들이 크게 기뻐했다. 이후 미국 성당을 빌려 한인 신자들을 위해 주일 미사를 봉헌했다.

얼마 뒤 김수환 추기경이 미국 한인성당을 순회하던 중에 텍사스 포트워스를 방문하신다는 소식을 듣게 됐다. 외국에서 교구장님을 직접 뵐 수 있다는 것은 너무나 감격스럽고 기쁜 일이었다. 신자들과 함께 추기경이 머물 숙소로 시내 호텔을 잡아 3박 4일의 편안한 일정을 마련했다.

당시 포트워스 미국 성당에서 김 추기경이 한인 신자들과 함께 주일 미사를 집전해 주셨던 일, 미사 후에 총회장 집에서 열린 파티에서 김 추기경이 신자들과 함께 재미있는 대화를 나누던 기억이 지금도 영화의 한 장면처럼 선명하게 남아 있다. 잊을 수 없는 것은 김 추기경의 탁월한 유머 감각이다. 신자들이 모인 자리에서 우스갯소리를 하셨는데, 영어와 혼합된 우리말 사투리 이야기를 들려 주었다.

"미국에 이주해서 사는 경상도 부부가 있었는데, 남편이 외출해서 집에 돌아왔는데 열쇠가 없어 문을 두드렸습니다. 그러니까 방 안에서 부인이 '훈교?(누구인교?)'하니까, 밖에 있던 남편 왈, '미랑께(나랑께)' 하더라는 것이었습니다."

추기경도 유머를 하는 분이라는 걸 그때 알았다. 좌중을 웃기며 재미있게 만들었던 추기경과 함께한 행복했던 그 시간은 너무도 빨리 지나갔다.

한인 유학생들과 밤늦도록 토론을

텍사스에서 석사학위를 마치고 펜실베이니아 주립대학에서 박사 학위 공부에 매진하던 어느 날, 김수환 추기경이 필라델피아 한인 천주교회를 방문하셨다는 소식을 듣게 됐다. 부리나케 차를 몰아 필라델피아로 달려갔다. 추기경을 다시 뵙고 두 가지를 부탁드렸다. 하나는 포스워스 한인 신자 공동체에 관한 것이고, 또 하나는 펜실베이니아 주립대학에 다니는 한국 유학생들과 대화의 시간을 가져 주었으면 하는 것이었다.

먼저 최근에 폐쇄된 포트워스 한인 신자 공동체에 다시 서울대교구에서 사제를 보내 줄 것을 김 추기경께 요청했다. 내가 초대 본당 신부였지만 이후 몇 분의 사제가 사목하였는데, 그 이후 후임자가 주일미사에 신자의 참여가 적다는 이유로 공동체를 폐쇄해 버렸다는 소식을 들었기 때문이다. 포트워스 신자들의 요청에 따라 그곳에 가서 피정을 실시했는데, 신자들은 포트워스 한인성당 문이 다시 열리기를 강하게 열망하고 있었다. 나는 현지 포트워스 교구장도 성당 폐쇄는 현실에 맞지 않는다고 했다고 전하며 김 추기경께 간곡하게 말씀을 드렸다. 김수환 추기경은 내가 얘기한 사정을 듣고는 그 즉시 서울대교구 강우일 보좌주교에게 전화를 걸어 포트워스 공동체에 다시 사제를 보내도록 조치를 취하였다. 초대 본당 사제로서 그 공동체에 대한 애착 때문에 그냥 있을 수 없어 김 추기경께 염치 불구하고 말씀드렸는데 모든 것을 다 이해하시고 빠르게 문제를 해결해 주니 얼마나 기뻤는지 모른다. 나는 이때부터 김수환 추기경이 상황을 파악하고 판단하는 이해도가 매우 높다는 것을 알게 되었다.

또 한 가지, 약 3시간 거리에 있는 펜실베이니아 주립대학에 한국 유학생들이 많이 있는데, 하룻밤이라도 머물면서 학생들을 만나 대화를 나누어 주면 어떨지 제안을 드렸다. 이미 계획이 다 짜인 바쁜 일정이었지만 추기경은 기꺼이 내 제안을 받아 주었다. 며칠 후 김 추기경께서 내가 공부하던 펜실베이니아 주립대학을 방문하였다. 나와 학생들은 추기경과 대화의 장을 마련하기 위해 근처 커뮤니티 센터를 미리 대여해 놓았고, 신자이건 비신자이건 관계없이 종교를 초월하여 모든 한인 유학생들과의 만남의 자리로 만들었다.

그날 밤 펜실베이니아 주립대학 커뮤니티 센터는 한인 유학생들로 가득 찼고, 한국 사회의 큰 어른인 김수환 추기경과의 대화가 밤늦게까지 이어졌다. 당시 나눴던 대화의 주제가 지금 정확하게 생각나지는 않는다. 한국 사회의 문제와 민주화, 학생들의 공부, 미래에 대한 비전까지 매우 진지한 시간을 가졌던 것으로 기억한다. 그날 추기경과의 만남은 한인 유학생들에게 기쁨과 희망을 불어넣어 주는 윤활유 역할을 했을 것이라고 믿는다.

한국 가톨릭의 귀중한 자산

마지막으로 필자가 총무로 재직했던 한국천주교주교회의 매스컴위원회에서 김수환 추기경에 대해 연구한 결과를 얘기하고자 한다. 주교회의 매스컴위원회는 김수환 추기경 선종 뒤인 2009년 '김수환 추기경과 미디어'를 주제로 '문화의 복음화 포럼'을 개최했다. 미디어가 김수환 추기경을 어떻게 묘사했고 재현했는지를 알아보기 위해 '교회 밖에서 본 김수환 추기경과 미디어'와 '교회 안에서 본 김수환 추기경'이라는 두 가지 소주제를 다루었다.

첫 번째 주제 발표자는 김 추기경 선종 이후 3개월 간 뉴스를 근거로 김 추기경 뉴스를 집중 보도한 내용을 애도 물결 및 추모, 국민적 장례, 시대의 성자, 국가의 정신적 지도자, 인권 추기경, 인간 김수환, 갈등의 조정자, 김수환 추기경 신드롬 등 8가지 프레임으로 구분해 분석했다. 그 결과 "김수환 추기경이 종교인으로서 실천적이고 모범적인 삶을 살았던 모습과 사회정의와 인권을 위해 독재 권력에 맞서 양심적 목소리를 냈던 점을 강조해 보도하는 경향이 짙었다"고 설명했다.

또 한 명의 발표자는 각 언론사들이 추모 특집을 통해 독재 정권에 맞서 민주화에 이바지한 분, 가난한 이들의 벗, 유머를 가진 따뜻한 사람으로서 김 추기경을 높이 평가하고 있다고 전했다. 또한 "한국 현대사와 교회사 안에서 축적된 김 추기경의 긍정적 이미지는 한국 가톨릭의 귀중한 자산"이라 평가하고 "추기경의 삶과 행동으로 인격화된 '거룩한 종교'의 이미지를 긴 안목과 구체적 실천으로 강화해야 한다"고 강조했다.

이후 한국천주교회는 김수환 추기경의 생애와 사상을 연구하고 그의 유지를 실천하기 위해 2010년 '김수환추기경연구소'를 설립했고, 매년 심포지엄과 책 발행, 그리고 강좌를 개최하고 있다. 앞으로도 김 추기경의 긍정적 이미지와 사상을 더욱 연구해 우리 사회의 민주적 발전과 성숙, 그리고 사회적 덕목을 위해서 그분의 정신을 세계인들에게 전해야 할 것이다.

김 추기경과 언론과의 관계 연구 필요해

특별히 김수환 추기경과 언론과의 관계성에 대해서도 관심을 기울여 한국천주교회가 언론과의 관계를 재정립하는 계기가 되면 좋겠다는 생각을 해본다. 교회와 언론의 바람직한 관계는 김 추기경이 언론을 대하는 태도에서 찾을 수 있다. 김 추기경은 제2차 바티칸공의회와 그 정신을 가톨릭신문을 통해 신자들과 우리 사회에 널리 소개하고 알림으로써 교회 쇄신에 앞장섰다. 70년대 박정희 정권과 80년대 전두환 정권의 탄압 속에서도 유력 매체들이 생중계하는 미사 강론을 통해 또는 미디어 인터뷰를 활용해 현실 상황을 전하고 비판하며 복음적 가치관을 널리 알렸다. 그뿐만 아니라 가난한 이들, 고통받고 소외된 이들이 사는 현장을 직접 찾아가 그들을 위로하고 공감하는 모습을 자주 언론에 노출되게 함으로써 교회가 사회적 약자들에게 커다란 희망의 상징이 되도록 했다.

지금의 언론이 자본과 권력과 결탁해 신뢰도가 낮아지고 있는 현실은 결코 바람직하지 않다. 교회는 언론과의 관계를 잘 유지하면서도 동시에 거리를 두고 객관적이고 비판적인 면에서 바라보아야 한다. 교회와 언론의 바람직한 관계를 재정립하기 위해서라도 김 추기경과 언론과의 관계를 심도 있게 연구했으면 하는 바람이다.

13

우리 곁에
왔던 성자

/

김
정
동

김수환 추기경에 대한 글을 쓰기 위해 추기경에 대한 이야기를 담은 많은 책과 자료를 찾아 읽고 또 묵상했다. 그 결과 김 추기경은 일관되게 가난한 자, 사회적 약자, 고아, 장애인, 노인, 과부 등 소외된 자들을 즐겨 찾았다는 것을 알 수 있었다.

떠오르는 장면이 있었다. 2018년 어느 날이었다. 내가 다니는 본당(등촌1동 성당)으로 성매매 피해 여성 쉼터, 일명 막달레나공동체로 불리는 단체에서 일하는 봉사자분들이 찾아왔다. 담당사제 서유석 신부가 직접 성가를 부르면서 도움을 요청했다. 그 열정에 가슴이 뭉클했다. 그런데 정작 내 가슴을 울린 것은 따로 있었다.

막달레나공동체 이옥정(콘세크라타) 대표가 쓴 소책자 『내가 만난 김수환 추기경』이 나를 붙잡았다. 책에 등장하는 김수환 추기경은 내가 알던 고위 성직자의 일반적인 모습을 뛰어넘었다. 그들의 언어로 말한다면, 김 추기경은 밥이고 막걸리고 오빠였다. 격식을 차리지 않고 막 대해도 허허하고 웃어넘겼고, 바보처럼 맞장구도 쳐주었다. 그들의 넋두리와 푸념과 애환을 들어주었고, 고통을 달래주는 든든한 위로자요, 버림받은 그들의 애인이 되어주고 이야기를 들어주는 친구이자 이웃집 아저씨였다. 김 추기경은 그들에게 "저는 영원히, 언제나 어린이 같은 우리 막달레나의 집 자매들의 친구"라고 고백했다. 나는 그 책을 읽고 사회의 차가운 시선에 고달팠던 그들에게 김 추기경은 영혼의 배고픔을 채워준 천사였다는 것을 진실로 알게 됐다. 그들이 김 추기경 선종 뒤에도 깊은 존경심과 애정을 보였던 데는 다 이유가 있었던 것이다. 가슴 한편이 먹먹했다.

2천 년 전 로마가 지배하던 유대 땅에 오신 예수도 버림받고 손가락질 받던 여인들의 친구이자 구원자였다. 당신께서 30년을 봉직한 서울대교구장에서 퇴임하던 날, 명동성당으로 몰려든 신자들이 '오~빠'를 연호했던 장면이 떠올랐다. 그것은 이제는 순수하고 열정으로 가득한 존경의 대상을 볼 수 없다는 안타까움 때문에 그랬을 것이다.

고통받고 소외된 자들의 친구로 살다

김 추기경은 평생을 낮은 자세와 겸손한 모습으로 살았다. 진실로 성경 말씀처럼 왼손이 하는 일을 오른손이 모르게 행동한 분이었다. 한번쯤이라도 자신에게 주어진 권력을 사용했을 법도 한데 결코 세상의 방식을 사용하지 않았다.

세속적으로 보자면 추기경이 가진 파워는 대단하다. 천주교 서울대교구만 해도 150만 명이 넘는 신자에다 교회가 직접 관리·운영하는 232개 성당, 그리고 가톨릭대학교 성신교정, 성의교정, 성심교정 등 종합대학교와 동성·계성고등학교, 그리고 상당수 유치원이 있다. 국내 최고 수준의 서울성모병원을 비롯한 4개 대학병원과 요양소는 물론 언론사까지 운영하고 있다. 그 밖에도 서소문 성지, 새남터 성지, 절두산 성지, 피정 센터, 수녀원 등 보유하고 있는 부동산 가치만 해도 상상을 초월한다. 헌금과 기부금 등 매해 수익금만 해도 상당한 것으로 추산된다. 그러므로 세속적 견지에서 보면 서울대교구 교구장인 추기경은 엄청난 파워의 소유자라고 할 수 있다. 웬만한 사람이라면 나도 이만하면 성공한 사람 아니냐 하면서 뽐내거나 우쭐대는 것이 일반적 상례 아닌가. 그러나 김 추기경은 그렇게 하지 않았다. 묵묵히 사랑을 실천하고 기도하면서 가시밭길을 걸었다. 왜 그랬을까? 고통받는 사람들이, 소외받는 사람들이 김 추기경 주변에 여전히 많았기 때문이다. 당신께서 선종한 날에도 수많은 인파가 명동 성당으로 조문하러 왔던 것이 이를 말해준다.

마달레나 공동체를 찾아 위로하고 격려하는 김수환 추기경. 추기경은 그들의 친구이자 이웃집 아저씨였다.

당대 최고 양심이자 지성의 소탈한 면모

1994년 4월이었다. 나는 김수환 추기경의 일화를 담은 책 『참으로 사람답게 살기 위하여』 출판기념식에 참석했다. 예비역 육군 중장으로 국방부 차관을 지낸 신치구 장군이 김 추기경의 삶과 꿈, 신앙과 인생 철학 등 구수한 이야기들을 모아 단행본으로 엮은 것이다. 신치구 베르나르도는 로마교황청 성그레고리오 십자기사 훈장을 받을 정도로 신앙 깊은 분으로 현재 김수환추기경연구소 운영위원을 맡고 있다.

김 추기경의 이야기를 담은 이 책은 당시 장안의 지가를 올릴 만큼 슈퍼 베스트셀러였다. 그만큼 재미와 감동, 깨달음이 가득 담겨 있었다. 동성학교 출신 호영송 시인과 함께 참석한 명동 가톨릭회관 지하 행사장은 입추의 여지없이 인파가 몰려들었다. 행사 시작 전부터 국내외 신문과 방송의 취재 열기로 뜨거웠다. 김옥균 주교, 강우일 주교 등 가톨릭교회 고위 성직자들은 물론이고 개신교 원로인 강원룡 목사, 불교계의 월주 스님 등 종교계 지도자들도 다수 참석했다. 또 한승수 대통령 비서실장 부부, 김덕 국가안전기획부 부장, 박관용 대통령 특별 보좌관 등 정부 고위급 인사들을 비롯해 소설가 박완서, 최인호 작가 등 많은 국내외 명사들이 참석해 자리를 빛내주었다. 김 추기경은 많은 사람들 앞에서 특유의 소탈하고 나지막하면서도 인자한 목소리로 이렇게 말씀하셨다.

"신치구 장군님이 정권으로부터 탄압받고 고통받는 사람들을 도운 것을 아는 저로서는 제 이야기를 가지고 책을 만들겠다는 이 분의 의지를 더 이상 꺾을 수가 없었습니다."

뒤이어 마이크를 잡은 신 예비역 장군도 평소 그답지 않게 작은 목소리로 출판 배경을 설명했다.

"책을 쓴다고 소문이 나면 추기경님께 누가 될까 싶어 조용히 도서관에 틀어박혀 관련 글을 샅샅이 뒤졌습니다."

이날 행사의 주인공들은 찾아온 손님들을 겸손하고 낮은 자세로 맞이하고 대접했다. 홍보하고 자랑하기 위해 낸 책이 아니라 많은 이들을 위한 헌신과 사랑의 본보기로 펴낸 책이었기 때문이다.

당시 섭외 1순위였던 국내 최고 명사에게 출판계의 러브콜이 쇄도한 것은 당연했다. 김 추기경은 이미 명실상부한 인기 작가의 위치에 올라서 있었다. 『참으로 사람답게 살기 위하여』에 이은 후속편 『너희와 모든 이를 위하여, 1999년』가 출간되었을 때의 반향도 크게 다르지 않았다. 가히 신드롬 수준이었다.

아쉽게도 펴내지 못한 『혜화동 할아버지』

내가 일하던 출판사도 추기경에 대한 책을 기획했다. KBS 김 모 작가가 『혜화동 할아버지』라는 책으로 김 추기경의 어린 시절을 다룬 동화책을 내기로 했다. 1997년께로 기억된다. 지금과는 달리 '혜화동 할아버지' 하면 누구나 김 추기경을 떠올리던 시절이었다. 안타깝게도 미완성으로 끝나 발간까지 이르지는 못했지만 그때의 경험은 필자가 지금까지 십수 종의 가톨릭 관련 단행본을 출간하게 하는 원동력이 되어 주었다.

대표적으로 교황 요한 바오로 2세 시집 『빛을 향한 길목에서』를 비롯하여 조반니노 과레스키 작 『신부님 우리들의 신부님(일명 돈 까밀로 시리즈·전 10권)』, 미국 맨해튼 퀸즈 성당 설립자이자 미주 사목의 대부 정욱진 신부의 『오늘 하루를 마지막 날처럼』, 평신도사도직연구소 이창훈 소장의 『이창훈 기자, 발로 쓴 성 김대건 신부』 등이 그런 책들이다.

나는 2012년 주교회의 매스컴위원회 총무로 일하던 김민수 신부의 뜻에 찬동해 가톨릭독서아카데미를 기획·창설하고 회장을 맡아 봉사했다. 그러면서 교회 내 '문화 사목'의 일환으로 가톨릭 독서콘서트를 개최했다. 당시 캐치프레이즈 가운데 하나는 김수환 추기경의 가르침 중 하나인 '수입의 1%는 책을 구입하라'였다. 올해 설날에도 주변 2030세대(MZ 세대) 젊은이들에게 줄 덕담을 찾다가 김 추기경의 조언을 얘기했는데, 반응이 좋았다. 그만큼 김 추기경의 깊은 통찰과 언행은 젊은 세대에게도 통한다는 것을 알 수 있었다. 김 추기경이 내걸었던 '너희와 모든 이를 위하여'라는 사목 표어는 여전히 내 가슴을 울리곤 한다.

내 인생에서 김수환 추기경을 추억할 때 지금도 잊지 못하는 장면이 있다. 1984년 5월 그날이다. 그해 103위 순교자 시성식이 끝난 직후 나는 로마의 포콜라레 운동 본부로 출국했다. 그곳에서 포콜라레 체험을 했다. 당시는 해외 유학이나 공무가 아니면 출국 허가가잘 나지 않았다. 서슬 퍼런 신군부 정권이 들어서 있던 시절이었기 때문이다. 만약 김수환 추기경께서 이탈리아 대사관이 요구하는 문서에 서명하지 않았더라면 나는 이탈리아에 갈 기회를 얻지 못했을 것이다.

"하느님이 누구라고 생각하느냐?"

나는 이탈리아에 머물면서 로마를 중심으로 여러 지역을 오가며 무수히 많은 그리스도인들을 만났고 그들과 함께 공동생활을 했다. 프랑스, 영국, 스페인, 포르투갈, 호주, 캐나다, 필리핀, 뉴질랜드, 타이완, 홍콩, 미국, 브라질, 아르헨티나, 칠레, 덴마크, 네덜란드, 오스트리아, 독일, 일본, 아프리카 각국에서 온 사람들과 교류하고 친교를 나눴다. 그러면서 선진 유럽의 살아 있는 생생한 문화를 깊이 경험할 수 있었다. 러시아나 체코 같은 공산권 국가 회원들로부터는 한국에선 알 수 없었던 그곳 교회의 실상을 보고 듣기도 했다. 젊은 내게는 모든 게 신기하고 경이로웠다. 자연히 신앙이 깊어지고 경륜도 넓어졌다. 하느님을 믿고 따르면 큰 은총과 축복이 주어진다는 사실을 그야말로 몸으로 체득했다. 정말 천국 같은 삶을 살았다.

그러나 나는 이듬해 한국으로 귀국하게 되었다. 밀린 일도, 해야할 일도 있었지만 갑자기 건강이 악화됐기 때문이다. 그러다가 1985년 포콜라레 주최 하계 마리아폴리에 참석했다. 김수환 추기경께서 그 행사에 오셨다. 그러고는 이렇게 말씀하셨다.

"하느님이 누구라고 생각하느냐?" 그 말씀이 마치 천둥소리처럼 내 귓가에 울려 퍼졌다. 순간 울컥하는 마음이 들었지만 차마 입 밖으로는 꺼내지 못하고 마음속으로만 되뇌었다.

'네. 하느님은 사랑이십니다!'

성소(聖召) 문제로 고민하고 있던 그때 마리아폴리에서 들었던 김추기경의 그 말씀 한마디는 힘겨운 시기를 보내고 있던 내게 큰 위로와 격려가 되었다. 이후 여러 모임에서나 매스컴을 통해 추기경님을

하계 마리아폴리에 참가해 활짝 웃음 짓고 있는 수녀님들. 포콜라레 운동의 특징 중 하나는 밝은 미소이다.

뵙거나 소식을 접할 수는 있었지만 더는 추기경께 가까이 다가설 수 없었다. 그분은 높고 바쁘신 분이었지만 나는 평범한 사람 가운데 한 사람이었으므로.

　세월이 흘러 2007년 혜화동 주교관에서 고 정욱진 신부 추념 10주년 출판 기념 미사에 참석했던 것이 김 추기경님을 가까이서 뵈었던 마지막 순간이었다. 추기경은 교구장 재임 시절보다 기력이 떨어진 듯 여위어 보였다. 그리고 2년 뒤인 2009년 2월 김 추기경이 선종했을 때 나는 수많은 장례위원 가운데 한 명으로 참여해 그분의 마지막 가는 길을 지켜볼 수 있었다.

우리 곁에 왔던 성자

아무리 생각해 봐도 김수환 추기경처럼 신자·비신자, 남녀노소, 빈자와 부자를 막론하고 온 국민들로부터 사랑과 존경을 받았던 지도자는 일찍이 없었다. 김 추기경은 국내를 떠나 국제적으로도 유명인이었다. 1984년 김 추기경은 국내 최초로 교황을 초청하여 한국천주교 200주년 기념행사를 열었고, 103위 순교자를 시성하는 영광을 주도한 분이었다. 또 조선교구 설정 이후 최초로 현직 교황을 밀착 수행하면서 한국천주교회의 구석구석을 소개했을 뿐만 아니라 1989년 세계성체대회까지 유치하면서 세계만방에 우리나라를 널리 알리는 데 크게 기여했다. 김대건 신부 이후 한반도에서 가장 널리 하느님을 선포하고 증명해 보인 충실한 '주님의 종'이자 사제였다.

이렇듯 커다란 공적을 쌓았음에도 불구하고 항상 자신은 별로 한 것이 없다며 늘 겸손해했다. 공로는 주변인들한테 돌리거나 하느님이 하신 것이라며 항상 낮은 자리를 고집했다. 암울하기만 했던 박정희·전두환 군부독재 시절에도 온 국민이 믿고 따랐던 당신, 요한 바오로 2세 교황 선종 때 바티칸 대성당 광장에서 추모 미사를 집전하며 세계의 주목을 받기도 했던 당신, 변방에 있던 우리나라를 국제사회에 널리 알렸고, 그 역할을 몸소 수행한 당신, 그 어떤 외교관보다 더 큰 역할을 주도했던 당신! 사랑의 메신저라고나 해야 할까. 사랑의 수호자라고 해야 할까.

김 추기경이 떠난 지 13년이 됐지만 그분은 늘 우리 곁에 살아서 숨 쉬고 계신다고 믿는다. 부활한 예수가 엠마오로 가던 제자들 곁에 나타나 "너희에게 평화가 있기를" 하고 말하듯이 우리에게 특유의 다정한 화법으로 지금도 "그래도 서로 사랑하여라"라고 말씀하시는 듯하다.

포콜라레 운동 창설자이자 가경자 끼아라 루빅은 이렇게 말한다. "사랑보다 더 중요한 것은 겸손"이라고. 나는 지난 40년간 이 어른의 삶을 지켜보면서 깊이 감동했고 감탄했다. 또 가족, 친지, 선배, 지인들로부터 그 분의 행적에 대해 많은 이야기를 들었다. 그 이야기들을 관통하는 공통점은 이것이었다. 김수환 추기경이야말로 예수라고! 인간의 한계를 뛰어넘어 아름다움의 극치를 보여준 분이라고, '우리 곁에 왔던 성자'라고.

"

마음은 결코 힘으로 정복할 수 없습니다.
사랑으로 정복해야 합니다.
가장 큰 사랑은 남을 위해, 남을 구하기 위해
자기를 희생하고 자기 목숨을 바치는 것입니다.

제3부 머리에서 가슴으로의 여행

자신을 불태우지 않고는 빛을 낼 수 없다.
빛을 내기 위해서는 자신을 불태우고
희생해야 한다.
사랑이야말로 죽기까지 가는 것, 생명까지
바치는 것이다.
그러려면 자기를 완전히 비우는
아픔을 겪어야 한다.

14

어머니 무르팍 교육이
신앙의 못자리

고
계
연

김수환 추기경 장례식 때 초등학생이던 두 자녀와 함께 조문했던 기억이 엊그제 같다. 그 추운 겨울날 사흘 동안 40만 명의 인파가 줄지어 추기경의 마지막 가는 길을 배웅한 까닭은 무엇일까. 우리 사회의 큰 어른과 이별에 슬퍼하고 그분께서 보여주신 따스한 사랑과 인간미가 그리웠던 것이 아닐까.

전 세계인이 코로나19 팬데믹의 고통과 불편을 감수한 지 3년째. 어느덧 비대면과 거리두기가 일상화한 탓에 사람과 사람의 사이가 멀어지고 각자도생으로 내몰리는 요즘이다. 그러니 김 추기경의 푸근한 미소와 약자에게 내밀던 손길, 큰 울림을 주던 말씀들이 새삼스레 떠오른다. 나도 사실 그분과 직접적인 접점이 없으니 세세히 알지 못한다. 다만 뉴스와 영상 자료, 저작물 등을 통해 그분의 면면을 간접적으로나마 그려볼 수 있을 뿐이다. 그 가운데 감동적이었던 것이 바로 김수환 추기경의 모친 서중하(마르티나) 여사의 범상치 않은 일생이었다.

가톨릭 신앙이 18, 19세기 조선 땅에서 자리 잡기까지는 숱한 박해가 있었다. 기나긴 세월 동안 믿음 생활을 지키려 신자들은 무던히도 애썼다. 정든 고향을 떠나 외딴곳이나 산중으로 몸을 피했고 낯선 곳에서 밭을 일구고 생계를 꾸려야 했다. 박해 시기하면 우선 떠오르는 이미지 중에 하나가 바로 옹기. 신앙의 선조들은 외딴 교우촌에서 생계를 유지하기 위해 옹기를 굽거나 숯을 만들어 내다 팔았다.

소년 수환의 어머니 서 마르티나는 대구 처녀였는데, 1800년대 후반 김영석(요셉)을 만나 혼인을 했다. 한때 충청도 합덕에도 살았지만 대구에 정착하게 됐다. 당시 수환의 아버지는 박해를 피해 옹기장수로 전전하던 형편이었다. 수환의 어린 시절을 그린 영화 '저 산 너머'를 보면 그의 아버지는 전형적인 충청도 사람이었다. "순한 아~~" 하고 아들을 부르는 아버지의 음성만 봐도 영락없는 충청도 억양이었다.

옹기장수 아내, 팔 남매의 어머니

추기경의 회고에 따르면 그의 아버지는 누군가 서로 다투면 냉큼 끼어들어 잘 중재했다. 또한 자신의 이름이 '수환'이란 사실도 나중

에 호적을 떼어 보고서야 알았다고 한다. 당시 면사무소 직원이 한자 이름을 잘못 적은 것인데, 꼼꼼히 확인하지 않은 부모들 잘못인 듯하다. 마른기침을 자주 했던 아버지는 수환이 초등학교 1학년 때 해수병으로 숨을 거뒀다. 어린 나이에 아버지를 잃은 수환으로서는 큰 언덕이 사라지는 아픔을 겪었을 터다. 남편이 허약한 체질에다 잔병치레를 달고 살았으니 아내가 고생깨나 했음은 불 보듯 하다. 대가족을 부양해야 하는 발등의 불 앞에서 밥벌이는 온전히 그녀의 몫이었으니 그 고달픔은 짐작하고도 남는다.

5남 3녀의 막내였던 김 추기경. 가난 때문에 툭하면 이사를 한 탓에 고향에 대한 기억이 별로 없다고 한다. 태어난 곳은 대구 남산동이었는데, 그 뒤 서너 살 때 옮겨간 선산에서도 셋방살이를 한 것 같다고 회고한다. 다섯 살 때쯤 다시 군위로 터전을 옮겼으니 대구와 선산에서의 유년 시절은 머릿속에 제대로 각인되지 못했을 것이다. 당신 이름 석 자와 하늘 천 따 지 정도의 글자밖에 몰랐던, 가난 때문에 평생 옹기와 포목을 머리에 이고 팔러 다니신 분. 어머니에 대한 추기경의 기억이 보기에도, 듣기에도 애잔하다. 그러나 곤궁한 살림살이에도 올곧은 신앙심과 여장부 같은 기질은 남달랐다고 한다.

성품이 곧은 어머니는 자식 교육에 매우 엄격했다. 아비 없는 자식 소리를 듣고 싶지 않았을 것이다. 김 추기경께서 남긴 이야기에 따르면 편애라고 할 정도로 막내에게 애정을 쏟았다. 밤이 되면 보통 1~2시간씩 기도를 바치곤 했다고 한다. 초가삼간에 살고, 한때 셋방살이도 했지만 그 옹색한 집에서도 공소를 열었다고 하니 강단이 센 여인임에 틀림없다.

김 추기경 위로 누나와 형들이 있었는데, 막내와 나이차가 상당해 이미 출가하거나 집을 떠난 형편이었다. 추기경이 밝힌 얘기로는 아들을 찾아 일본으로, 심지어 만주까지 다녀온 일도 있었다. 그만큼 '잃어버린 아들'을 찾아 나선 모성애는 이국땅에서도 숱한 장애를 이겨낼 만큼 담대했음을 짐작할 수 있다.

아들 둘을 사제로

어머니와 세 살 터울이었던 형 동한은 유년시절 수환에게 모든 것이었으리라. 형 동한이 초등학교 4학년을 마치고 소신학교에 갈 때까지 둘도 없는 단짝이었으니 더 그러했을 터다. 형제 사이에 싸운 기억이 별로 없고, 철들기 전엔 "야, 자" 하는 식으로 반말을 하고 스스럼없는 형제 사이였다.

소년 수환의 일생일대 전환점은 형제가 군위에서 보통학교를 다닐 때였다고 한다. "너희는 이다음에 커서 신부가 되거라." 대구 친정에 다녀온 어머니가 두 아들을 가까이 불러 하신 말씀이 수환에겐 뜻밖이었을 것이다. 형 동한은 어느 정도 마음의 준비가 돼 있었는지 이듬해 대구에 신학교 예비과(초등 5, 6학년)로 옮겨갔다고 한다. "난 아닌데…… 내 생각은 이것이 아닌데……" 수환의 첫 반응은 달랐다. 그러나 어머니의 뜻을 대놓고 거역할 수 없었던 수환도 2년 후 신학교에 갔지만 신부가 될 생각은 없었다고 한다. 성소에 응답했다기보단 어머니 손에 이끌렸다는 게 솔직한 표현이다.

김 추기경의 회고록과 말씀 모음집을 보면 사제의 길을 걷게 된 젊은이의 인간적 고뇌가 절절하다. 대구 성유스티노신학교, 동성상업학교(을조), 일본 조치대 유학, 가톨릭대 신학부, 사제 서품까지 여러 에피소드에 공감하게 된다. 다른 한편으론 신학생으로서 경험했던 유혹과 위기에도 수긍하게 된다. 신부가 되기 싫어 잔꾀를 내고 꾀병을 부렸던 이야기, 소위 '세심병'으로 죄 같지도 않은 죄까지 일일이 고해해야 직성이 풀리던 일, 여인의 구애에 잠시 흘렸던 일 등은 어찌 보면 잔파도에 불과했다. 성직자의 길에 큰 위기도 있었을 것이다. 그의 어릴 적 꿈처럼 신학교를 벗어나 평범한 남자로 돌아설 수도 있었으리란 상상 말이다. 추기경의 말년 고백이 눈길을 끈다. "결혼해서 처자식과 오순도순 살면 얼마나 좋을까 하는 생각도 해봤다. 굴뚝에서 저녁밥 짓는 연기가 모락모락 피어오르는 시골 오두막집, 얼마나 정겨운가."(평화신문 엮음 『추기경 김수환 이야기』)

김 추기경은 형 동한에 대한 애틋한 심경을 회고록을 통해서 밝힌 바 있다. 왜정 때 학도병으로 끌려가던 동생 손을 잡고 엉엉 울었다는 형, 동생이 추기경이 되자 행여나 불편을 끼칠까 봐 일부러 피했다는 형, 지병인 당뇨병이 악화돼 다리 절단 수술까지 받았지만 결핵환자들을 위해 뛰어다녔던 형, 선한 어리석음 때문에 교회 어른들과 친지한테서 진짜 어리석은 사람으로 오해받았던 형…… 먼저 성직자가 돼 사랑을 실천하고 그에게 본보기가 돼준 형님에 대한 김 추기경의 존경이 잔잔하지만 진한 형제애를 보여준다.

이런 아들 둘을 주님께 봉헌한 어머니의 마음은 어떠했을까. 아들의 안전을 위해서, 혹시라도 길을 잃고 벗어날까 봐 노심초사 기도했을 것이다. 사제관의 젊은 식복사를 아들 신부 몰래 내보낸 일화도 있었다. 김 추기경은 일본 유학 중에 징병으로 전쟁터 사지로 몰렸을 때, 어머니의 기도가 자신의 생명줄이 됐다고 술회한 적이 있다. 또한 어릴 때 어머니 무르팍 신앙교육이 그에겐 믿음의 시작이고 못자리였을 터다.

"효도라고 말할 수는 없지만 안동과 대구에서 몇 년 동안 어머니를 모시고, 마지막 임종을 지킨 것이 그나마 위안이 된다. 어머니에 대한 정으로 말하자면 형님(김동한) 신부가 더 깊었을 텐데 형님은 그때 군종 신부로 나가 있어서 임종조차 지킬 형편이 안 됐다."(평화신문 엮음 『추기경 김수환 이야기』) 막내아들 무릎에 기대어 눈을 감으셨다는 어머니. 서른셋 젊은 나이에 부모를 모두 잃었으니 그 애달픔은 이루 말할 수 없었을 터다.

세상의 어머니들은 위대하다

김 추기경의 어머니를 책으로 만나면서 나의 어머니도 자연스레 떠올려본다. 일곱 아들을 낳아 먹이고 입히고 공부시킨 여장부 같았던 어머니, 엄한 시부와 병약한 시모를 모시고 대가족을 챙겼던 어머니, 험한 농사일 마다하지 않고 누에 치고 소 키워서 아들 다섯을 대학까지 보낸 어머니, 시아버지를 설득한 뒤 성당에 나갔고 가족들을 신앙으로 이끌었던 어머니다.

나의 어머니는 여섯째 아들을 사제의 길로 보내고 끊임없이 기도하고 애덕을 실천하셨다. 아들 신부는 이렇게 회고한다. "고등학교 2학년 때 부모님께 처음으로 사제가 되고 싶다고 말씀드렸다. 어린 아들의 말에 어머니께서 처음이자 마지막으로 물으셨다. "정말 사제가 되고 싶으니?" 어머니는 왜 사제가 되고 싶으냐고, 언제부터 그런 생각을 가졌느냐고, 사제가 얼마나 힘든 삶인지 아느냐고, 더 이상 묻지 않으셨다. 그때부터 아들이 걸어가는 사제의 길에 동행하셨다."(양양 송전칠형제회 엮음 『그리운 어머니』)

어머니는 고된 논밭 일에 지쳐 피곤한 나머지 초저녁에 일찍 주무셨다. 새벽녘이면 작은 탁자에 촛불을 밝히고 기도를 하셨다. 신앙서적을 곁에 두고 자주 소리 내서 읽는데, 장성한 아들 귀에는 자장가같았다.

허리 굽고 아픈 몸이었지만 2년 넘게 성경을 필사하던 모습을 잊을 수 없다. 가족 성화의 뜻을 담아 모두 29권의 노트에 밤낮으로 매일 조금씩 옮겨 적으셨다. 구약성서 창세기부터 시작해 신약성서 티모테오 1서 1장 7절까지 마치고는 선종하셨는데, 나머지 부분은 아들과 가족들이 이어 써서 완결했다. 그때가 벌써 3년 전 일이다.

어머니는 참으로 지혜로운 분이셨다. 선친 장례 후 일곱 아들이 모인 자리에서 상속에 대해 입을 여셨다. 평소 생각해 두신 대로 맏이부터 막내까지 논과 밭을 골고루 분배해주셨다. 그때 신부 동생이 숙연한 분위기를 바꿔보려 이런 말을 했다. "엄마, 그런데 왜 나는 없어?" 그러자 어머니는 잔잔한 미소를 띠며 "신부님, 신부님께는 하느님이 유산이지요!" "역시 우리 엄마 최고야!" 신부 동생이 환하게 맞장구를 쳤다. 무거웠던 공기는 가벼워졌고 누구도 어머니 말씀에 토를 달지 않았다. 주변에 유산을 놓고 자녀들이 서로 싸우고 불목하는 일이 얼마나 많은가. 그러니 모두를 아우르는 어머니의 리더십을 떠올리면 자연스레 김 추기경의 모범을 생각하게 된다.

어머니는 특히 용서가 몸에 밴 분이다. 형님은 이런 회고를 한다. "오래전 교통사고로 어머니가 얼굴을 크게 다친 사건이 있었다. 어머니는 나를 병실로 부르시더니 '다른 사람들이 무슨 얘기를 하더라도

사랑이 없으면 생명이 있을 수 없고
우리가 존재할 수도 없다.
아무도 '나'를 사랑하지 않는데
내가 어떻게 견디어낼 수 있겠는가.
또 아무도 사랑할 사람이 없을 때
그런 '나'를 참을 수 있겠는가.

사랑은 모든 존재와 삶과 평화의
절대 조건이다.

네가 그 사람을 용서해주어라, 그 사람이 일부러 그랬겠냐.' 또한 훗날 양파 밭에서 이웃 집 개에 물려 당신 몸이 만신창이가 됐을 때의 일이다. '그 집주인이 개를 시켜 나를 물어뜯게 했겠느냐, 좋게 해주어라.'"

어머니는 내게 늘 그립고 스승 같은 분으로 남아 있다. 김 추기경의 모친과 나의 모친, 두 분의 어머니가 나의 시야와 기억에서 겹쳐진다. "세상의 어머니는 위대하다"라는 말이 빈말이나 예사말이 아님을 절감하게 된다.

봉사의 보람과 은총

어머니로부터 배운 신앙은 나를 건강하게 키운 양식이었고, 삶의 뿌리였다. 신앙은 나를 회사와 집만 오가는 평범한 직장인으로 살게 놔두지 않았다. 미뤄두었던 봉사가 퇴직을 몇 년 앞두고 한꺼번에 찾아왔다. 2016년부터 가톨릭신문출판인협회 회장으로, 2020년에는 가톨릭언론인협의회 회장으로 일했다. 모두 2년씩, 4년 동안의 시간이었다.

가톨릭언론인회와의 첫 만남은 21년 전 가톨릭언론인신앙학교 수강에서 싹텄다. 1년에 두 차례 10주 과정의 신앙학교는 올해로 벌써 39기를 맞이했다. 나는 5기 수강생으로 인연을 맺었다. 그때부터 언론인 선후배들과 벗 삼아 성지순례 산악회를 부리나케 쫓아다녔고,

사내 교우회를 만들고 월례미사에도 나갔다. 그러면서 가톨릭 언론인들을 사랑하셨던 김 추기경 얘기를 선배들로부터 자주 듣게 되었다.

봉사의 책임을 맡는 것은 시간을 내고 머리를 쓰며 지갑을 살짝 여는 일이 아닐까 싶다. 덕분에 많은 신자 언론인 선후배들을 알게 됐고, 평협과 한국천주교주교회의 등 교회 일에도 일조할 수 있었다. 돌아보면 이 모든 일이 특출한 것 없는 나를 이끌어주신 주님 덕분이다. 참으로 감사하지 않을 수 없다.

15

고1 때 만난
인중이 긴 추기경

남
영
진

지난 2년간 코로나19 팬데믹의 어려움을 겪으면서 홀
륭한 분들의 따뜻한 말씀과 위로가 절실했다. 다행히 휴대폰 카톡에
서 김수환 추기경의 말씀을 전해주었다. 그중 역시 "사랑이 머리에서
가슴까지 내려오는데 평생 걸렸다"라는 말이 가장 가슴에 남는다. 성
인(聖人)에 가까운 분도 사랑의 실천이 이렇게 어렵다는데 '우리 같은
범인(凡人)들이야 당연하지'라며 안도한다.

2019년 2월, 김수환 추기경 선종 10주년을 맞아 명동성당에서 추
모미사가 있었다. 마침 창립 10주년을 맞는 한국가톨릭작곡가협회
가 나섰다. 12명의 작곡가들이 평소 김 추기경이 자주 강론의 주제
로 삼았던 나눔, 평화, 생명 사랑에 대한 이야기를 노래로 표현했다.
이날 주제가 김 추기경이 남긴 "사랑이 머리에서 가슴으로 내려오는

데 70년이 걸렸다"는 말씀이었다.

그의 책 『바보가 바보들에게』에 "노점상에서 물건을 살 때 깎지 말라. 그냥 돈을 주면 나태함을 키우지만 부르는 대로 주고 사면 희망과 건강을 선물하는 것이다"는 말이 실려 있다. 김 추기경의 생활철학을 세상에 드러내는 짧은 교훈이다. 자주 잊어버리지만 노점상을 볼 때마다 기억을 되살린다. 특히 "주먹을 불끈 쥐기보다 두 손을 모으고 기도하는 자가 더 강하다." "수입의 1%를 책을 사는 데 투자하라." "텔레비전에 취하면 모든 게 마비된 바보가 된다"는 말씀을 인생의 교훈으로 삼고 있다. 그분은 떠났지만 늘 옆에 계시는 듯하다. 김 추기경의 마지막 인사말인 "서로 사랑하세요. 고맙습니다"도 그분다운 잔영을 남긴다. 내가 40년 전 만난 그분을 다시 떠올려 본다.

주케토와 클레지망을 멋지게 입은 추기경

김수환 추기경을 처음 뵌 건 고등학교 1학년 때인 1970년이다. 김 추기경은 1969년 바오로 6세 교황으로부터 우리나라의 첫 추기경으로 임명됐다. 그 다음해 여름방학 가톨릭대학생연합회와 서울 중고등연합회가 수원에 있는 서울농대에서 잇달아 4박 5일의 학생대회를 가졌다. 그 자리에 말로만 듣던 추기경님이 오셔서 미사를 주례해 주셨다. 당시는 추기경이 가톨릭 내에서 어떤 위치인지 잘 몰랐다. 거의 '성인'에 가까운 직책이려니 생각했다. 나는 충청도 시골인

영동군 황간 성당에서 초등학교 4학년 때 영세를 받고 6학년 때 견진성사까지 받았다. 집안 전체가 신자였다. 그러나 중학교를 서울로 올라와 제기동, 이문동 성당을 다녔으나 주일미사도 잘 나가지 않은 '사이비' 신자였다.

　개신교 계통의 중·고등학교를 다녀 수업 과목인 성경을 배우고 전교생이 수요일 아침예배를 드렸다. 중학교 3년간은 이 채플시간이 싫었다. 고교에 올라가자마자 쉬는 시간에 선배가 교실에 들어와서 셀(Cell)이라는 천주교 모임이 있으니 가톨릭 신자들은 가입하라고 권유했다. 신이 나서 바로 가입해 서울대교구 산하의 고교연합회 임원으로 추천됐다.　제일 큰 행사가 여름방학 때 서울의 모든 학교 가톨릭학생회원들이 모이는 학생대회였다. 이 행사에 미사와 함께 '추기경님과의 만남'이라는 자리가 있었다. 흰색 수단(긴 사제복), 붉은 주케토(둥근 모자), 클레지망(성직자 조끼)을 멋지게 입은 추기경님을 보니 마치 성인 같았다. 근엄한 뿔테 안경을 쓴 젊은 김 추기경은 학생들과의 대화에 격의가 없었다. 눈가에 잔주름이 잡히는 웃는 모습은 시골에서 만난 가까운 아저씨 같았다. 코에서 입으로 이어지는 인중이 유난히 길어 입술이 튀어나 보였다. '인중이 길면 장수한다는데……'라는 생각이 들었다. 87세까지 사셨으니 장수하신 셈인가?

가톨릭대학생전국협의회 초대회장으로 활동

두 번째 만남은 유신시절인 1975년 대학 3학년 때였다. 대면이 아니라 서신으로 만났다. '가톨릭대학생전국협의회' 초대회장으로 뽑혀 비공식활동을 시작할 때 가톨릭신문에 기사가 나왔다. 얼마 후 김 추기경과 지학순 주교, 미국 메리놀 선교회 출신의 인천교구 나굴리엘모 주교, 김기철 전국평신도사도직협의회(평협) 회장 네 분이 격려 전보와 사신을 혜화동 가톨릭학생회관으로 보내주셨다. 간단한 격려 메시지였지만 감격과 더불어 힘이 났다.

당시 시대적 배경을 얘기할 필요가 있겠다. 김 추기경이 70~75년 한국천주교주교회의(주교회의) 의장을 맡아 박정희 대통령의 독재 정치에 비판적 입장을 보이기 시작할 때다. 더불어 아시아 각국을 지배한 군부 통치에 신앙 안에서 공동 대응하기 위해 70~73년 아시아 천주교 주교회의를 만들기로 하고 준비위원장을 맡고 있을 때이기도 했다. 주지하다시피 박정희 대통령은 69년 위수령을 발동하고 3선 개헌을 밀어붙여 71년 대통령에 당선된다. 곧바로 72년 10월 유신헌법 선포로 한국은 다시 '종신 대통령'을 노리는 군부독재 시대로 들어갔다.

억압 속에서 자유에 대한 갈망은 더 싹트는 법. 1971년 가톨릭대학생총연합회(총연)는 김지하 시인이 연출한 '금관의 예수'라는 연극을 들고 전국을 순회공연했다. 반응이 좋아 마지막으로 남산 중앙정

추기경 서임 30주년 기념 미사를 집전하고 있는 김수환 추기경.

보부 바로 코앞에 있던 드라마센터에서 공연했다가 중정요원들에게 딱 걸렸다. 당국은 이를 반체제 작품이라고 규정하고 김지하 시인을 전국에 수배했고, 당시 지도신부였던 박상래 신부를 조사하면서 천주교 측에 총연을 해체하라고 압박했다. 당시 주교회의 의장을 맡고 계셨던 김수환 추기경은 반대했었던 것으로 알려진다. 하지만 합의체 기구인 주교회의 전체는 당시 가톨릭 대학생들의 반정부 시위와 정치참여에는 반대하는 분위기였다. 대구·부산·대전교구장 등이 해체를 요구해 결국 72년 주교회의에서 대학생, 중고등학생 전국단체인 총연을 해체하기로 공식 결정했다. 교황청 산하 학생조직인 팍스 로마나(Pax Romana) 총재 주교였던 청주교구장 정진석 주교의 해체 주장에 다른 주교님들도 손을 들어준 것으로 전해진다. 당시 대학생 총연 회장단이 청주교구청 주교관 앞 잔디밭에 텐트를 치고 "총연 해체 반대" 농성을 벌일 정도였다.

사무실도 조직도 없는 전국대학생회장

해체 2년 만인 74년 겨울방학 때 서울·부산·대구·대전·인천·전주· 광주·마산학생연합회 8개 학련 회장단모임에서 총연 대신 가톨릭대학생전국협의회(전협)를 결성했다. 이때 서울학련의 박철용 회장(전 평협 사무국장)이 회의에 참석도 하지 않은 나를 초대 회장으로 추천해 다른 학련으로부터 승인을 받았다. 1년 위인 박 선배는 71년 서울 중고등학생연합회 회장이었고 나는 그 밑에서 임원으로 활동했었다. 고려대 가톨릭학생회에서도 함께 활동하던 때였다. 난감했다. 법대 2년생이어서 2학기 전면 휴교로 이제 고시공부를 시작해볼까 하고 시골 큰집에 내려가 있던 때였다. 전국회장으로 추천됐으니 집안에서 반대할 것은 뻔했다. 정부의 학생운동에 대한 탄압이 최고조였던 때라 이 시국에 학생회를 어떻게 끌어갈 수 있을까에 대한 걱정이 앞섰다. 서울에 올라와 만나보니 8개 학련 학생회장들의 요구는 한마디로 주교회의의 공식 승인을 받아달라는 것이었다. 지금도 마찬가지지만 천주교는 주교회의의 승인이 없으면 전국 활동을 할 수 없다.

지금 대학로에 있는 명륜동 가톨릭학생회관 서울연합회를 전협 사무실로 사용하기로 했다. 서울연합회에 나갔더니 축하전보와 사신이 몇 통 와 있었다. 김기철 평협 회장의 "걱정 말고 열심히 활동하라"는 편지가 큰 힘을 주었다. 2년 전 해체 결의 당시 주교회의 결정문을 읽어보니 '팍스 로마나 전국 총연을 해체하고 협의회로 운영한다'라는 문안이 눈에 들어왔다. 가톨릭전국단체에 반대하는 주교님들을 설득해 인준을 받는 것이 급했다. 우선 교황청에서 가톨릭학생운동에 부여한 팍스 로마나 총재 주교였던 대전교구장 황민성 주교를 세 번씩이나 찾아가 국제가톨릭학생운동 연합체인 팍스 로마나 활동의 중요성을 호소했다. 가톨릭대신학교 학장 출신의 황 주교는 학생활동의 필요성은 인정하지만 데모나 반정부활동에는 반대하는 입장이었다. 그러나 황 총재 주교는 6월 21일~23일 전국의 학생지도신부 13명과 학생대표 40여 명을 대전교구에 초청해 회의를 주최해 주셨다. 그 결과 총재 주교의 허가를 얻어 '전국협의회'로 활동하게 해 주셨다. 졸지에 내가 정식으로 초대 협의회장을 맡게 됐다.

유신통치 3년째인 1975년은 전국적으로 대학과 사회단체의 개헌운동이 거세게 일어난 해였다. 그래서 주교회의 공식승인을 받기 전에도 가톨릭대학생협의회도 연합운동에 참여하곤 했다. 팍스 로마나, 기독교학생연맹(KSCF), YWCA등 종교 3단체는 공동주최로 매년 해오던 '부활과 4월 혁명'이라는 행사를 기획했다. 당국은 대학생 모임은 불허했지만 명동성당의 부활절 미사까지 막을 수는 없었다. 미사가 끝난 뒤 3개 단체가 반정부 성명을 발표하기로 했다. 하지만 중앙 정보부가 베트남 사태 등을 구실로 끈질기게 YWCA 연맹과 천주교계를 압박하면서 무산됐다. 결국 베트남은 4월 말 패망하고 이를 빌미로 유신정권은 긴급조치를 발동하며 반정부활동에 재갈을 물렸다.

78년 교황 후보 10명 중에 올랐던 김 추기경

김 추기경과의 세 번째 인연은 1978년 여름이었다. 1964년 제2차 바티칸공의회 후 가톨릭의 현대화에 기여한 바오로 6세 교황의 서거 직후였다. 1년간 전국협의회 활동 후 3학년을 마치고 곧바로 방위소집을 받아 1년 2개월간 불암동 군부대에서 병역을 마쳤다. 당시 교황청 산하 학생조직인 팍스 로마나는 3년 주기로 세계가톨릭학생대회를 개최해 왔다. 75년 학생회장 당시도 페루의 리마에서 세계대회가 있었는데 당시는 군대를 마치지 않으면 해외에 나갈 수가 없었다.

78년 복학하자 스페인의 바야돌리드에서 열리는 그해 세계학생대회에 한국 대표로 참석하라는 초청장을 보내왔다. 복학 4학년생인 내가 졸업을 앞두고 여름방학에 10여년 만에 한국 대표로 추천된 것이다. 취직을 준비하던 때라 머리가 복잡했지만 유럽 방문은 엄청난 행운이었다. 2주간 80여 개 나라에서 모인 학생대표와 지도신부들 200여 명이 수도원에 모여 세계 문제와 가톨릭 학생의 역할에 대해 머리를 맞대고 토론했다. 중고등 지도신부였던 김운회 주교(전 춘천교구장)와 한국에서 대학생지도를 하던 윤 루까 대주교(전 벨기에 켄트대교구장)와 함께 스페인 대회에 참석했다. 2주간의 대회가 끝나고 스페인 가정에 묵고 있을 때 바오로 6세 교황의 부음을 들었다. 평범한 아주머니가 "파파"(Papa)를 부르며 눈물을 흘렸다. 영어 Pope(교황)가 스페인 이탈리아 등에서는 다 아버지라는 '파파'로 불리었다. 그 후 10여 일 간 벨기에, 네덜란드, 독일, 오스트리아, 이탈리아를 돌아 김 신부님과 함께 로마에 도착했다. 당시 로마 매스컴에서는 김수환 추기경이 차기 교황 후보 10명에 거론되고 있었다. 결국 베네치아 추기경이 요한 바오로 1세 새 교황에 선출됐다. 하지만 재임 33일 만에 갑자기 선종하고 폴란드 출신의 요한 바오로 2세가 교황직을 이었다.

김 추기경이 만든 한마음한몸운동본부 이사로

이후 나는 한국일보 기자가 되어 가톨릭저널리스트클럽과 1998년 이후 가톨릭언론인회 활동에 참여, 언론인의 사명에 충실하고자 했다. 미사 때 외에는 따로 김수환 추기경을 만나 뵙지는 못했지만 88년 김 추기경이 오태순 신부 등과 만든 한마음한몸운동본부(현 이사장 유경촌 주교)의 이사로 2004년 합류했다. 김 추기경은 이미 서울대교구장을 은퇴한 뒤 정진석 추기경과 김운회 주교가 이사장을 이어서 맡고 있을 때였다.

언론인으로서 서울평협 홍보위원장, 주교회의 홍보위원회 감사 등 활동을 하다가 지금은 필자의 본당인 명일동성당 주임이셨던 유경촌 이사장님을 모시고 한마음한몸운동본부 이사로 계속 활동하고 있다. 김수환 추기경은 가난한 나라들을 도와줄 한마음한몸운동본부 이사장으로 활동했다. 국내에서는 헌혈, 장기와 조혈모세포 기증, 자살예방사업을 펼치고 있다. 생전에 김 추기경이 각막기증을 서약한 사실이 알려져 선종 후 평소 한해 7만 명이던 기증자가 18만 명으로 급증했다. 한마음한몸운동본부는 김 추기경 선종 후 사랑의 뜻을 기리는 재단법인 '바보의나눔'을 만들 때 기여했다.

선종한 지 13년이 지났지만 김 추기경의 교회업적, 사회참여 등 많은 일화들이 '질그릇 옹기'처럼 잔잔히 회자되고 있다. 나에겐 추기경님의 '바보' 같이 온화한 미소가 기억 속에 잔잔하게 남아있다. 40년 전 고등학교 1학년 때 수원 옛 서울대 농대에서 뵌 첫 모습 그대로다. 경북 군위군 옹기골 출신인 그의 호가 '옹기'이며 선종 후 '바보의 나눔 재단'이 설립된 배경이다.

16

만나지 못한 만남

/

김
재
홍

    그때 경주 황성공원은 드넓기만 한 게 아니라 푸른 잔
디와 더욱 짙푸른 봄의 향기로 한 고등학교 1학년 학생의 가슴속에
알 수 없는 쾌감과 아늑함을 주고 있었다. 학생의 얼굴은 거무튀튀하
고 옷은 남루했으며 신발은 낡았지만 주변에 늘어선 소나무와 느티
나무, 이팝나무와 회나무, 떡갈나무, 살구나무, 향나무, 상수리나무
들의 하늘로 솟을 듯 우렁찬 자세와 당당한 함성은 덩달아 기백 넘치
는 청년 용사로 만들었다. 학생은 전날 문예부 교실에서 있었던 일을
벌써 까맣게 잊어버렸다. 3학년부터 2학년까지, 문예부장부터 부원
전원이 차례로 매질을 하고 또 당하는 '줄빠따'의 충격도 사라졌고,
'상을 타지 못하면 돌아와서 절대 가만 두지 않겠다'는 으름장도 대
수롭지 않았다. 그에게 공원은 이미 일천 년 전 화랑들의 연무장(演武

場) 그대로 묘한 열정을 불러일으켰다.

  그날 교실이 아니라 공원으로, 만원 버스가 아니라 동해남부선 완행열차를 타고 느릿느릿 달리는 학생의 손에는 출처를 알 수 없는 '니체시선집'이 들려 있었다. 난해한 철학자가 아니라 감성적인 시인 니체의 육성을 마음대로 주무르고 뒤섞고 어루만지면서 그에게는 교실 탈출의 쾌감을 뛰어넘는 내면의 약동과 설렘이 일었다. 세계의 본질을 이해하는 지적 통찰이 아니라 손발과 눈으로 입으로 코로 느끼는 자연에의 감각이 한 청년의 영혼에 깊은 위안의 언어를 선사하고 있었다. 그렇게 우연히 손에 든 니체의 언어를 빌어 꼴찌 상인 '입선'(入選)을 차지했다. '매질을 하고 또 당한' 기라성 같은 선배들이 모두 낙방한 가운데 유일한 수상자였다. 1984년 황성공원에서 열린 목월백일장에서 그 학생의 미래는 이미 정해지고 말았다.

소문(所聞)

  그리하여 시를 모르면서도 시인이 되고 싶다는 열망을 안고 문예창작학과에 진학했다. 철학과에 가서 영원히 변치 않을 우주의 진리를 깨우치고 싶다는 야망도 아니고, 사학과에 가서 민족의 역사에 이정표를 세우고 싶다는 웅지도 아니었다. '그날 이후' 백일장에 나가 상을 받는 횟수가 늘어나면 날수록 겉멋에 빠져들었고, 주제도 모른 채 세상을 다 가진 듯 오만한 문학청년이 되어 오직 시인만이 자신의 존재에 의미를 부여할 수 있다는 착각에 빠져 있었다. 그것은 참다운 시인의 고뇌하는 내면이 아니라 시로 인해 누렸던 외적 화려함만을 뒤쫓는 허상 같은 것이었다. '니체의 언어' 다음으로 받은 많은 상들은 이미 독극물이 되어 있었다. 나름대로 실력을 자부하며 전국에서 모인 동기생들 앞에서도 꼿꼿하게 세운 목은 꺾일 줄을 몰랐다.

그런데 시적 진실을 향한 느린 걸음을 가로막는 또 다른 장애가 있음은 금방 알아차릴 수 있었다. 평양에서 열릴 세계청년학생축전에 가야 한다며 총학생회 주관으로 컴컴한 대운동장에 모여 '축전 왈츠'를 배운다거나 매일 같이 '민주광장' 집회에 참여한다거나 교문 앞에서 전투경찰과 대치하는 일이 다반사였다. 낮에는 강의실이 아니라 광장과 거리에서, 밤에는 세미나 룸이 아니라 뒷골목 막걸리 집에서 보내는 시간이 길어질수록 시는 더욱 멀어져 갔다. 은유와 직유와 환유의 수사학이 아니라 지배와 피지배의 부정적 모순의 변증법이 머리를 채우면서 시인이 아니라 혁명의 전위가 되고자 마음먹게 되었다. 마르크스와 레닌의 과학적 유물론과 러시아와 중국의 혁명사를 읽고, 뒤틀린 한국 현대사의 추악한 몰골을 확인하면서 겉멋의 시인 지망생은 이제 맹목의 전투적 활동가가 되고자 하였다. 그것은 더 이상 시의 장애물이 아니라 완벽한 대체재였다. 시인은 이미 절박한 목표가 아니었다.

그렇기 때문에 김수환 추기경은 그저 소문에 불과했다. 물질이 의식을 규정하고 토대가 상부구조를 결정하며 종교는 아편이라는 소아

병에 걸린 얼치기 혁명가에게 그는 하나의 소문이었다. 가령 그가 박정희 정권의 기세가 등등하던 1971년 성탄절 미사 때 "비상 대권을 대통령에게 주는 것이 나라를 위해 유익한 일입니까? 오히려 국민과의 일치를 깨고, 국가 안보에 위협을 주고, 평화에 해를 줄 것입니다"라고 강론한 것이라든지, 이번에는 박 전 대통령이 "왜 종교가 정치에 간섭하느냐"고 힐난하자 "정치나 경제가 가장 인간에게 영향을 주는 분야가 바로 그건데, 그 분야가 도덕적 가치 판단에서 제외된다거나 '그거는 이건 정치니까 종교 분리 원칙에 의해' 이렇게 말할 수는 없습니다"라며 항거한 것도 그저 먼 곳을 떠도는 소문에 가까웠다.

투쟁과 집회

그 무렵 내게 확신을 주었던 것은 종교가 아니라 "존재한 모든 사회의 역사는 계급투쟁의 역사"라며 "만국의 노동자여, 단결하라!"라고 외친 '공산당선언'의 선명한 결구(結句)였다. 그런 활동을 지속하기 위해 모 정치인 사무실을 화염병으로 타격하고 전과자가 되어 군대 문제를 해결하고자 시도했으며, 총학생회 간부가 되어 각종 학내 집회를 기획하고 타 학교와 연대투쟁을 전개하기도 했다. 농활만 아니라 공활(工活)과 빈활(貧活)까지, 민주노총과 전교조와 지하철노조 지지집회를 찾아갔다. 그러면서도 정치 정세에 대한 분석과 학내 상황을 이끌어가기 위한 유인물 작업을 계속해서 배포하고 부착하기도

김 추기경의 선종 소식을 다룬 기사들. 그의 선종은 다른 어떤 거룩한 메시지보다 소중한 구원의 소식이었다.

했다. 페레스트로이카를 비롯해 소비에트 연방의 급격한 해체와 동구권 재편에도 불구하고 그간 믿어 왔던 마르크스·레닌주의의 과학성과 필연성에는 추호도 흔들림이 없었다.

계급 혁명을 꿈꾸며 광장과 거리와 뒷골목 막걸리 집을 순회하는 생활은 대학원까지 이어졌다. 겉멋의 시인 지망생을 벗어난 것은 천만다행한 일이었지만, 그 자리를 대신한 맹목적 활동가의 신념도 부실하기는 마찬가지였다. 대학을 졸업했으나 취업할 가망이 없어 간

곳이 대학원이었으며, 연구자가 되기 위해 진학한 것이 아니라 단지 의탁할 곳이 필요해 찾은 곳이 대학원이었다. 공부하는 원우들 사이에 공부하고는 담을 쌓은 자가 나타나서인지 '대학원신문' 기자를 거쳐 대학원총학생회 회장으로 선출되었다. 그뿐 아니라 각 대학원 총학생회장들의 모임인 한국대학원생대표자협의회(한원협) 의장까지 되고 말았다. 대학원생들의 연구 환경이나 대학 강사들의 처우 개선에 노력하기보다는 신군부 독재자 전두환-노태우 구속이 훨씬 중요한 과제로 보였다. 그러니 김 추기경은 내게 민주주의를 수호하는 한국 천주교의 대표자라기보다 인민의 정신을 갉아먹는 허약한 종교의 수장으로 보일 수밖에 없었다.

상징(象徵)

비유란 전달하고자 하는 것을 다른 것에 빗대어 말하거나 쓰는 일이다. 전달하려는 것(원관념)과 빗대는 것(보조관념) 사이의 거리와 깊이와 넓이가 놀라움의 차원에 도달할 때 우리는 세 번째 의미로서의 새로운 미적 경험을 하게 된다. 그러므로 아름다움은 우발적이다. 그것은 예측되지 않는다. 지시하는 것과 지시되는 것 사이의 첫 번째 영역도 아니고, 비유하는 것과 비유되는 것 사이의 두 번째 영역도 아니다. 비유는 안에서 바깥으로, 혹은 바깥에서 안으로 갈마드는 우발적인 세 번째 영역이다. 그것이 아름다움을 유발한다. 비유가 오래도록 문학의 주요 장치로 동원되는 이유도, 정치적 언술의 효과적 기제로 취택되는 이유도 그것이 예측할 수 없는 놀라움을 주기 때문이다.

자신은 종교에 반대한다며 '주먹 하나 믿고 사는' 냉혈의 활동가라고 호언하던 자가 어느 날 세례를 받고 신자가 되어 하느님께 자신의 처지를 반성하려고 할 때 루카복음 제15장이 전하는 '되찾은 아들의 비유'를 드는 일은 더 이상 새롭지 않은 듯하다. 세상에는 너무 많은 탕자들이 누대에 걸쳐 있어 왔고, 그들이 저마다 회개하여 주님 곁으로 돌아선 일도 너무나 많았다. 비유의 놀라움이라는 맥락에서 루카의 기록은 이제는 수사(修辭)로서 그 수명을 다한 것인지 모른다. 그것은 미적이기보다 윤리적이다. 아름다움의 곳간이 아니라 믿음의 터전에서 작동한다. 그러므로 한때 겉멋의 시인을 지망하다 혁명적 활동가를 열망했던 한 초췌한 신앙인은 자신을 '돌아온 탕자'로 고백한다.

'되찾은 아들의 비유'의 핵심은 큰아들과 작은아들 사이에 있지 않은 듯하다. 두 아들의 각기 다른 생활 태도와 그 결과의 차별성이 아니라 아버지와 아들이라는 본원적 동질성에 초점이 있는 듯하다. 성경 해석의 신학적 맥락을 의식하지 않는 당돌한 '탕자'가 마음대로 지껄일 수 있도록 허용한다면, 루카가 전한 '비유'의 중핵은 착실한 큰아들이 아니라 아버지를 절실히 필요로 하는 둘째에 있다고 하겠다. 구원을 필요로 하는 자식을 향한 아버지의 한없는 사랑이야말로 하느님과 인간을 연결해 주는 거룩한 끈인지 모른다. 그것은 대학원을 수료하고 군대에 다녀와 방송사에 근무하면서도 시시각각 눈앞에서 펼쳐지는 일상 속 참다운 삶의 진실을 깨닫지 못하고, 오직 민주주의니 자본주의니 하며 거대한 추상적 이념을 통해 담론적 허상을 추구하던 자에게는 참으로 절박한 구원의 손길이었다.

그 손길은 바로 김수환 스테파노 추기경의 선종 소식이었다. '하나의 소문'에 불과했던 김 추기경이 세상에 태어나 살면서 하느님의 심부름꾼으로서 맡은 일을 다 하고 마침내 하늘로 갔다는 소식은 그날 전국의 모든 언론을 통해 보도되었다. 그 순간 소문은 내게 '하나의 상징'이 되었다. 그것은 알 수 없는 신호와 같았다. 가톨릭 신자도 아니었으며 명동성당에는 단 한 번도 가본 적이 없었던 나는 나도 모르게 김 추기경의 선종 소식을 다룬 기사들을 스크랩하기 시작했다. 그 가운데 한 매체는 아예 전체 지면을 모두 보관하기로 작정했다. 해맑게 웃는 김 추기경의 사진을 1면에 실은 바로 그 화면을 오래도록 보존하기 위해 다른 많은 기사들까지 버리지 않기로 한 것이었다. 그것은 그의 선종을 슬퍼하는 신자와 비신자들의 각양각색의 표정들과 끊임없이 줄을 잇는 '자발적' 조문객들의 마음을 전하는 길고 긴 이별의 시간을 채집하는 것이었지만, 내게는 다른 어떤 거룩한 메시지보다 소중한 구원의 소식이었다.

진짜 혁명

김 추기경의 선종 소식을 전하는 각 매체의 보도와 장례 행렬을 보면서 진정한 혁명은 부정적 모순을 해소하기 위해 무력까지 불사하는 원한 맺힌 분노가 아니라 한없는 사랑에 있음을 깨달았다. 그가 생전에 '부천 성고문 사건'에 대해 "권 양이 혁명적 투쟁을 선동하려는 동기에서 없었던 것을 날조하였다고 모든 매스컴을 동원해서 크게 선전하는 것은 참으로 너무나 사리에 맞지 않고, 양심의 가책도 느끼지 못하는 파렴치한" 일이라고 했다거나, 박종철 군 고문치사 사건 관계자의 변명에 대해 "'탁'하고 쳤는데 '억'하고 쓰러졌으니 나는 모릅니다. 국가를 위해 일을 하다 보면 실수로 희생될 수도 있는 것 아닙니까? 잡아떼고 있습니다. 바로 카인의 대답입니다"라고 통렬히 비판을 가한 것도 잘잘못에 대한 비판이라기보다 진정 폭력을 넘어서는 사랑에의 호소라는 생각이 들었다. 한 번도 화염병을 던지지 않았고, 짱돌을 던지지 않았고, 각목을 휘두르지 않았던 김 추기경이 그토록 많은 이들의 가슴에 따뜻한 위로를 주고 떠났다는 사실이야말로 세상에 다시 태어나는 것과 같은 '진짜 혁명'이었다.

김 추기경이 선종하고 몇 해 뒤 나는 우리 가정의 막내 신자가 되었다. 아내는 이미 십수 년 전에 세례를 받았고, 두 아들은 유아세례를 받은 터였다. 한번은 네 식구가 묵주반지를 낀 손들을 모아 사진을 찍어 보았다. 크기도 다르고 색깔도 조금씩 다른 손과 반지가 부

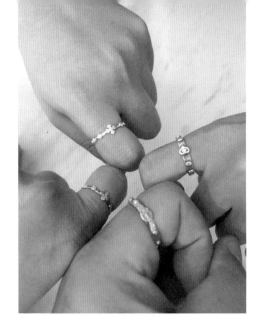

조화의 조화인 듯 어울렸다. 가족들이 서로의 안위를 염려하며 힘을 모으듯 묵주기도를 바치는 나날이 이어지고 있다. 이제 나는 시인으로서 '겉멋'을 지워내고자 애를 쓰고 있으며, 맹목의 이념적 활동가가 아니라 기도하는 삶으로써 하느님 나라가 실현되기를 희망하고 있다. 그것은 어쩌면 김수환 추기경과 한 지독한 무지렁이 인간의 '만나지 못한 만남'의 결과라고 할 수 있을지 모른다.

17

NG~! 추기경님
다시 한번만 더요

이
재
선

다큐멘터리 '김수환 추기경의 삶과 사랑'을 제작하고 해외 선교사로 한국을 떠났다가 돌아와 혜화동에 있는 바오로딸 혜화나무 북카페 공동체에 정착한 지 정확히 3주째 되는 날이었다. 그날 나는 김수환 추기경에 대한 글을 써 달라는 요청을 받았다. 그렇지 않아도 자주 낙산 공원에 올라 그곳과 연결된 담장 너머 신학교 산책로를 바라보면서 옛 일을 추억하고 있을 때였다.

써야 할 글의 내용보다 먼저 떠오른 건 마음속 깊이 간직하고 있던 사진 속 그 장소, 혜화동 주교관이었다. 그곳 산책로에서 "NG~! 추기경님, 다시 한번만 더요"라고 소리 지르던 새내기 수녀의 모습과 "이제, 됐지" 하시며 천연스럽게 미소 짓던 하얀 모시 저고리에 멋진 모자를 쓴 할아버지 추기경의 모습이었다. 무언가를 떠올리며 마음으로 웃을 수 있는 기억이 있다면, 내게는 그날 외쳤던 "NG~!"의 순간이다.

2001년의 일이다. 당시 수녀원에서 영상을 제작하자고 서둘렀던 것은 김 추기경의 사제 수품 50주년임을 생각한 때문이지만, 그분의 건강이 점점 안 좋아지신다는 소식을 들은 탓도 컸다. 그분의 모습을 기록해야 한다는 절박함이 있었다. 그러나 비서실에서 바로 답을 주지 않고 계속 미루었다. 일단 김수환 추기경의 건강이 우선이라는 이야기였다.

최소한의 연출만 하기로

기도하면서 기다리던 어느 날 비서실에서 바오로딸 수녀들이 한다고 하니까 추기경께서 허락하셨다며 연락이 왔다. 그때부터 김철민 감독과 함께 머리를 맞대고 어떻게 진행할 것인가를 구상했다. 김 추기경의 건강을 생각하면서 최소한의 연출을 하는 것으로 하고 자료 수집에 들어갔다. 그분에 관한 영상 자료는 너무나 많았다. KBS뿐만 아니라 타 방송사에서 일하는 매스컴위원회 회원들이 적극적으로 도와주어 매일매일 하느님의 섭리를 체험하는 날들이었다.

그것이 김수환 추기경의 영향력이라는 사실을 너무나 잘 알았기 때문에 감히 우리의 노고에 대해 말하는 사람은 아무도 없었다. 밤을 새우면서 자료를 정리하고, 추기경이 어디를 방문한다고 하면 바로

다큐멘터리 '김수환 추기경의 삶과 사랑' 제작 중 김 추기경과 함께 찍은 기념사진.

카메라를 들고 종일 뒤를 따라다녀도 전혀 힘들지 않았다.

우리 제작진이 그분 가는 곳마다 나타나니 어느 날 가까이 다가오더니 "수녀는 내가 가는 곳마다 나타나네. 그거 무겁지 않아?" 하시며 방송용 ENG 카메라를 안쓰럽게 쳐다보았다. "무거워요. 그런데 추기경님 직함보다는 안 무거운 것 같아요"라고 했더니 살짝 웃고 지나가고는 했다. 다큐멘터리 촬영으로 시작된 이런 작은 친분 때문일까. 김 추기경의 고향 경북 군위와 대구 유스티노 신학교를 방문했을 때는 너무나 친근하게 느껴졌다.

사실 수도자로서 지방 출장 촬영은 쉽지 않았다. 군위에 있는 생가 터를 촬영하러 가는 날에는 새벽에 일어나 고속도로에서 해맞이를 하고, 도착하자마자 카메라로 주변 스케치하고 인터뷰 촬영하고 다시 대구로 가서 촬영하고 인터뷰하고, 하루 만에 다시 수녀원으로 돌아왔다. 이미 해가 져서 어두컴컴하고 모두들 잠들어 있는 시각이었다. 수도자는 수도원 밖에 숙소를 정하는 게 쉽지 않았기 때문이다.

"결혼할 생각이었어요, 허허"

이처럼 어려운 사정도 있었지만 김수환 추기경을 다큐멘터리로 만드는 과정은 정말 신나는 작업이었다. 그분이 미아리 성바오로딸 수도회에 있는 스튜디오에 인터뷰하러 오시던 날 수녀원은 아침부터 들썩거렸다. 관구장 수녀뿐만 아니라 김 추기경과 개인적 친분이 있는 언니 수녀들까지 마당에 나와서 기쁘게 환영했다. 김 추기경도 오랜만에 만나는 반가운 얼굴들이라 특유의 그 친근하고 따뜻한 미소를 지었다. 그런 모습이 새내기 수녀인 나에게는 참 부럽게 여겨졌다. 그분들 사이에 오가는 대화 속에서 세상과 교회에 대한 염려와 희망이 느껴졌기 때문이다.

수녀원 스튜디오에서 인터뷰를 하기 위해 조명이 환하게 켜지자 추기경은 약간 놀라며 "아주 잘해놓으셨네" 하며 흐뭇해했다. 1995년부터 가톨릭 평화방송 TV를 개국할 때 성바오로딸 수도회에서도 신앙 체험뿐만 아니라 몇 가지 다른 프로그램을 제작하고 있었기 때문에 사실 스튜디오는 작은 방송사 못지않았다. 김 추기경은 자료 화면을 보면서 생각나는 것들을 덧붙여 말해 주었고 또 질문에 따른 인터뷰에서도 아주 명료하게 대답해 주었다.

지금도 기억나는 것은 "추기경님은 언제부터 사제가 되고 싶으셨어요?"라는 질문에 "나는 사제가 되고 싶지 않았어요. 결혼할 생각이 있었어요" 하시면서 허허 웃으시던 모습이다. 그렇게 풀어놓으시는 어머니와 형님 신부님, 가족들 이야기를 들으면서 그분도 어릴 때는 꽤 장난꾸러기였겠구나 싶었다.

그러다가 80년 5월 광주 이야기와 상계동 성탄 미사 그리고 명동 성당 공권력 투입 등 정치권력과 맞섰던 여러 가지 사건에 대해 이야기할 때에는 너무나 엄격한 표정으로 입을 열어서 스튜디오 안에 긴장감이 흘렀다. '한 말씀' 하시고 틈을 두시고 '또 한 말씀' 하시고 틈을 두면서 천천히 그리고 단호하게 말했다. 많은 시간이 지났음에도 그분의 고뇌가 마음 안에 고스란히 남아 있음을 느낄 수 있는 순간이었다. 이어서 '열린 음악회'에서 노래 부르던 이야기를 할 때는 아이처럼 활짝 웃었다. 스튜디오 밖에서 "추기경님 노래 한 곡 하시겠습니까?" 하고 물었을 땐 손을 내저으면서 쑥스러워하던 모습도 선명하다.

"이제 됐지~"

제일 긴장하면서 촬영한 장면은 혜화동 주교관에서 김 추기경이 기도하는 모습이었다. 건강이 좋지 않아 입원을 했다가 퇴원한 지 얼마 안 되던 때였다. 비서 수녀는 다음으로 미루자고 하였는데, 추기경이 그냥 하라고 해서 진행하게 되었다. 우리는 조심스럽게 카메라를 켜고 촬영에 들어갔다.

그런데 소성당이 너무 좁아서 카메라 각도가 제대로 나오지 않았다. 진땀을 흘리면서 여기저기 구석을 찾아다니다가 도저히 안 되겠다 싶어 용기를 내어 기도하고 있는 추기경에게 다가가 "추기경님" 하고 낮은 소리로 부르자 "어, 그래" 하면서 일어서는데 휘청하는 것이었다. 너무 놀라서 황급히 그분을 붙잡았다. 정말 아찔한 순간이었다. 암튼 그날 촬영을 마치고 무사히 수녀원으로 돌아왔지만, 나는 그만 앓아눕고 말았다.

김 추기경과의 마지막 촬영은 주교관 옆에 있는 산책로에서 그분이 산책하는 것을 길게 잡고, 하늘을 향해 카메라를 올려 맑은 하늘이 펼쳐지도록 하는 장면이었다. 달릴 길을 다 달린 한 노사제가 자신이 걸어온 삶에 감사드리면서 '다 이루었다' 하며 하늘을 향해 미소를 짓는 것 같은 느낌을 주고 싶었다.

마지막 장면이 너무나 중요하다고 강조하는 감독 때문에 예산을 초과하면서도 크레인까지 대여하여 세팅했다. 추기경께는 그냥 자연스럽게 산책만 하면 된다고 말씀드렸다. 그런데 걷다가 자꾸 멈추어서서 우리를 보는 것이었다. 그때마다 "NG!"라고 소리치고 다시 처음부터 걷도록 주문을 했다.

이제 마지막이라는 생각으로 긴장하면서 카메라를 하늘로 올리는 순간, 김수환 추기경이 뒤로 돌아보면서 "이제 됐지" 하는 것이었다. 감독과 나는 발을 굴리면서 두 손을 벌려 잠깐 멈추어 서 계시라는 사인을 춤추듯이 했다. 천만 다행히도 추기경은 이미 카메라 밖으로 빠져나간 후에 뒤돌아서서 말했던 것이었다.

감독이 "오케이~! 자, 수고했습니다"라고 외쳤을 때 우리는 환호성을 올렸다. 김 추기경이 "뭐 하러 이렇게 많이 찍어? 고생했네" 하면서 스태프들과 일일이 눈을 마주치며 인사를 할 때 그리스도 신자도 아니었던 크레인 촬영감독이 "추기경님, 사진 한 장만 찍고 싶습니다. 존경합니다"라고 했다. 그것은 내게 처음이자 마지막으로 김수환 추기경과 함께 찍은 사진이 되었다.

"참 좋은 일 많이 하셨어"

그 후 마무리 편집 작업 때 CG 작업을 KBS에서 퇴사하고 모 대기업 쇼핑 채널에서 국장으로 있던 형제가 도와주어서 좀 더 완성도 있는 작품을 만들 수 있었다. 그분도 매스컴위원회의 한 회원이었던 것으로 기억한다. 20년이라는 세월이 흘렀음에도 이렇게 생생하게 그

때 일이 기억나는 것이 새삼 신기하다.

내가 수도회에 막 입회했을 때 아버지는 수녀원이 어떤 사이비 종교 단체쯤 되는 것으로 생각해서 걱정이 이만저만이 아니었다. 그래서 장문의 편지를 보내 집으로 돌아오라고 호소했다. 그러다가 김수환 추기경이 가톨릭 교회의 수장이고, 수녀원도 그분의 영향력 아래 있다는 것을 알고는 겨우 안심하게 되었다.

나의 아버지는 종신 서원식 때 와서는 가톨릭 전례에 참석하며 한평생 주님과 가난한 이들을 위해 봉헌하고자 하는 수도자의 삶에 축복을 해주었다. "그 양반 참 좋은 일 많이 하셨어. 훌륭한 분이시지"라고 하던 아버지 말씀이 아직도 귀에 생생하게 남아 있다. 나에게 김수환 추기경은 고맙고 자랑스러운 교회의 크나큰 어른일 뿐만 아니라 사적인 일에서도 큰 도움을 주었다.

사진 속의 김수환 추기경과 비서 수녀, 김철민 감독과 스태프들 얼굴을 다시 바라보면서 이게 무슨 섭리인가 싶은 생각이 든다. 20년이 지난 지금 혜화동 주교관 지척에 살면서 이런 글을 쓸 줄을 어찌 알았겠는가……. 아~ 그리운 사람들, 보고 싶다!

18

평화방송 막내기자와
혜화동 할아버지

이
힘

　　이 글은 하늘나라에 계실 김수환 추기경님께 부치는 나의 첫 편지가 될 것 같다. 내가 2006년 1월 가톨릭평화방송·평화신문(CPBC) 기자로 입사한 이후, 사랑하고 존경하는 김수환 추기경에 관한 개인적인 글을 쓰는 것은 이번이 처음이다. 한국 교회는 물론, 한국 사회의 가장 큰 어르신인 김 추기경께 나의 미약한 고백이 누가 되지 않기를 간곡히 바라는 마음뿐이다.

　　나는 김수환 추기경께서 서울대교구장직을 후임 정진석 추기경에게 물려준 뒤 8년이 지나서야 처음 김 추기경을 뵐 수 있었다. 2006년 1월 2일, 나의 입사 첫날이라 잊을 수 없는 그날, 서울대교구에 경사가 있었다. 보좌 주교로 조규만 주교가 임명된 것이다. 서품식은 1월 25일 명동대성당에서 거행됐는데, 그때 혜화동에 계시던 김 추기경께서 축하 메시지를 전하러 오셨다. '김수환 추기경님을 실제로 뵙다니……' 선배 기자들과 함께 명동대성당에서 취재하며 감격스러워했던 기억이 지금도 생생하다.

그 이후 나와 추기경과의 만남은 계속됐다. 나는 막내기자였고, 대학에서 사진을 전공한 덕에 당시 신문 취재 데스크가 김 추기경 예방과 같은 행사 취재를 거의 나에게 맡기다시피 했기 때문이다. 2006년 2월 27일엔 당시 열린우리당 정동영 의장이 '혜화동 할아버지'를 찾아왔다. 김 추기경께선 정치인이 찾아오면 늘 빼놓지 않고 하시던 당부 말씀이 있었다.

"정치는 사람을 위해 있는 것이다. 특별히 자신의 목소리를 낼 수 없는 이들, 힘없고 가난한 이들, 소외된 이들을 위해 정치인이 존재한다. 인간이 모든 세상 가치의 중심에 서야 한다."

올해 격렬했던 대선 정국을 뒤돌아보면 왠지 추기경님이 더 그리워진다. 추기경의 바람대로 모든 정치인들이 힘없는 이들, 소외된 이들, 제 목소리를 내지 못하는 이들을 위해 노력했다고 볼 수 없을 것 같아서다. 하지만 희망을 놓지는 않으련다. 적어도 추기경을 만났던 이들, 만나진 못했어도 추기경님의 말씀을 가슴에 새기고 이를 실천하며 살아가는 이들, 추기경님을 존경하며 따르려 노력하는 정치인이 있는 한 조금이나마 당신 뜻대로 더 나은 세상으로 변화해 나갈 것이라 믿기 때문이다. 사제로서 한평생 예수님의 삶을 본받으려 노력하신 추기경이 꿈꾸는 세상은 '하느님 보시기에도 참 좋은'(창세

1,10) 세상일 것이 분명하기 때문이다.

2008년 깜짝 생신파티의 기억

추기경과의 만남이 이어지면서 나는 당신의 특이한 버릇(?)도 알게 되었다. 그분의 말씀을 한 자라도 놓치지 않으려고 기자수첩에 코를 박고 메모하다 보면 추기경이 한동안 말씀을 안 하실 때가 있다. '갑자기 왜 말씀이 없으시지?'하고 잠시 고개를 들어 추기경을 쳐다보면, 당신은 언제나 소리 없이 예의 그 천진난만한 '어린아이 미소'를 띠고 계셨다.

취재기자와 원로사목자로서가 아니라 지극히 개인적이고도 인간적인, 그래서 평생 잊을 수 없는 추억도 하나 갖고 있다. 바로 추기경의 마지막 생신을 가톨릭평화방송 직원들이 치러드린 일이다. 2008년 6월 11일 수요일이었다. 추기경의 탄생일인 음력 5월 8일이 그날이었다.

가톨릭평화신문의 사진기자로 재직하다 현재는 은퇴한 전대식(프란치스코) 기자와 현재 기술국 영상제작부 소속인 박광수(프란치스코) 감독이 기획한 깜짝 이벤트였다. 나와 신문 편집기자인 조은일(안나) 기자 등 6~7명은 작은 케이크와 초를 준비해 김 추기경 생신 파티를 준비했다. 명동성당 건너편 CPBC 본사를 출발해 혜화동 주교관까지 가는 승합차 안에선 '당신은 사랑받기 위해 태어난 사람'과 '생일 축

2008년 6월11일 김수환 추기경님의 마지막 생신 때

하송' 연습이 이어졌다. 2007년 이후 점점 야위어 가시고 거동조차 힘들어하시는 추기경을 봐왔던 나는 왠지 그분의 마지막 생신이 될 수도 있겠다는 직감이 들었다. 그래서 작품 활동에만 사용하던 아끼는 중형 카메라에 흑백 필름을 넣고 카메라를 삼각대에 받쳐 추기경의 마지막 생신 기념 인물사진을 촬영하기로 했다.

밤에 잠을 잘 못 이룰 정도로 건강이 좋지 않았고, 식사도 쉽지 않아 휴식이 절실한 고통스러운 시간이었음에도 추기경은 가톨릭평화방송 식구들을 옅은 웃음으로 환대해 주셨다. 비서 수녀님의 안내를 받아 흰 생크림 케이크에 추기경 나이만큼 준비한 초에 불을 붙여 테

이블에 올려놓아 드렸다. 생일 축하곡과 생활성가를 불러드렸고, 케이크에 올린 촛불을 끄고…… 10분 남짓한 깜짝 생신파티였지만 그 소중한 날, 추기경과 함께할 수 있었던 기억을 어찌 잊을 수 있을까. 그때의 아름다운 장면이 사진으로 남아 있다.

그날 이후 추기경의 건강상태는 급격히 나빠지기 시작했다. '혜화동 할아버지'로 계시는 시간보다 반포동 서울성모병원(당시 강남성모병원)에 환자로 있는 시간이 더 많아졌다. 때때로 건강이 조금 회복되면 다시 혜화동 할아버지로 돌아오시곤 했다.

"이제 미구에 맞이할 죽음을 거치면, 부족하고 자격이 없지만 모든 것을 용서하시는 자비 지극하신 하느님은 당신의 그 영원한 생명으로 나를 받아주실 것이다. 하느님 진심으로 감사드립니다."(김 추기경 선종 10주년 CPBC 특집 다큐 '우리 안의 바보, 김수환' 中 추기경 육성 고백, 2019년 2월 방송)

돌이켜 생각해보니 추기경께서는 이미 선종 몇 해 전부터 하느님과 예수님, 성모님과 수많은 성인들의 품에 안기실 준비를 하고 계셨던 것 같다.

그해 촛불을 들고 휠체어에 앉아 참여하신 주님 성탄 대축일 밤미사가 추기경의 마지막 성탄 미사가 되었다. 당신 생에 마지막 성탄임을 직감하셨을까.

추기경에게 받은 크리스마스 선물

2008년 12월 24일 저녁. 그날 강남성모병원 로비에서 봉헌된 주님 성탄 대축일 밤 미사 때 나는 살아계신 추기경님을 마지막으로 뵐 수 있었다. 휠체어에 온몸을 의지한 채 미사에 참여한 추기경. 로비에는 수액 주사를 맞으며 미사에 참여하는 환자들과 그 가족들이 저마다 예수님 탄생을 축하하면서 하루빨리 건강을 회복해 본당으로 돌아가기를 두 손 모아 기도했다.

추기경께서 비서 수녀를 통해 취재 차 나온 내게 정성껏 포장된 쿠키 세트를 선물로 주셨다. 내가 처음이자 마지막으로 추기경에게 받은 크리스마스 선물이었다. 그 쿠키가 너무나 소중해 유통기한이 다 되도록 보관만 하다가 마지막에서야 사랑하는 가족들과 나눠 먹었다. 그날 이후 추기경께선 혜화동 주교관으로 다시는 돌아오지 못하셨다. 당신께서 평생 그토록 원하셨던 '영원한 생명'으로 초대하시는 아버지 하느님의 부르심에 응답하셨기 때문이다. 2009년 2월 16일 저녁 6시 12분. 2월 16일이란 숫자를 거꾸로 읽으면 공교롭게도 선종 시간이 된다. 이날 이후 대한민국의 첫 번째 추기경은 이젠 우리와 함께 하지 못하게 되었다. 그리스도인이 그토록 바라는 하느님 아버지 곁에서 영원한 생명으로 거듭나셨기 때문이다.

하지만 이날 이후 서울대교구 주교좌 명동대성당 일대에서는 역사적으로 기록될 놀라운 풍경이 펼쳐졌다. 추기경의 마지막 모습을

함께 하고자 전국에서 온 조문객의 행렬이 명동대성당부터 명동역을 지나 회현역 남대문시장 인근까지 수 킬로미터나 이어졌다. 갓 막내 기자에서 벗어났던 나는 선배 기자들과 팀을 이뤄 사진을 촬영하고 조문객을 인터뷰했다. 서울대교구 관계자 요청으로 국내외 언론인들의 취재를 돕는 프레스센터에서 취재진에게 비표를 나눠주기도 했다.

영하 13도까지 떨어지던 추운 날, 목도리를 두르고 모자를 쓰고 장갑을 껴도 1분도 안 돼 얼굴이 아파올 정도의 한파 속에서, 2시간 반이 걸리는 대기 시간에도 불구하고 30만 명이 넘는 국민이 추기경을 뵙고 싶어 했다. 종교의 벽을 넘어 예수님의 사랑으로 온 국민에게 희망과 감동, 위로를 전해온 추기경님 마지막을 온 국민이 온몸과 마음으로 표현한 것이 아닌가 하는 생각이 들었다.

"가장 예수님을 닮은 분"

"고맙습니다. 서로 사랑하세요." 추기경께서 남기신 유언이다. 그분은 병원에 계실 때 진료하느라 고생하는 의료진들에게 늘 '감사하다. 고맙다'는 말씀을 달고 사셨다고 한다. 수도자들이 찾아왔을 때는 '서로 사랑하라'는 말씀을 누차 강조하셨다. 허영엽 신부를 통해 발표된 추기경의 유언은 이제 우리 국민이 다시 한번 생각하고 실천해야 할 때라고 생각한다. 만 2년 넘게 계속되고 있는 코로나19 팬데믹 속에서 분열되고 서로 반목하는 우리 사회에 추기경의 삶과 신앙, 그리고 유언은 현시대를 살아가는 모든 이가 꼭 배우고 실천해야 할 필요가 있다.

추기경이 교장 신부로 봉직하던 시절의 김천 성의중고교 제자가 이제 호호 할머니가 되어 추기경 선종 직후 TV 카메라 앞에서 했던 말이 떠오른다. "추기경님은 가장 예수님을 닮은 분이셨습니다."

김수환 추기경 탄생 100주년, 초등학교 6학년인 아들에게 김수환 추기경을 아는지 물었다. 그래도 아빠가 가톨릭평화방송 기자인데 그동안 살면서 해줬던 이야기가 있는데 내심 기대를 했다. 하지만 아들의 대답은 "잘 모르겠는데요?"였다. 그래도 이름은 들어본 적이 있단다. 아들의 대답에 한 가지 결심을 하게 되었다. 한국 교회의 큰 어른이자 대한민국의 큰 어르신인 김수환 추기경의 행적을 다음 세대에게 잘 전하자는 것이다. 김수환 추기경의 탄생 100주년인 올해는 추기경을 세상에 더욱 자세히 알릴 너무도 좋은 기회다. 젊은 세대의 눈길을 끌 수 있는 참신하고 혁신적인 아이디어가 마구마구 샘솟았으면 좋겠다.

19

참으로 좋은 마무리 善終

/

김한수

"이번 로마 방문은 '묵은 추기경'이 새 추기경 서임을 축하하기 위한 것입니다."

지난 2006년 3월 22일 인천발-로마행 대한항공 기내. 인천을 떠난 지 8시간쯤 지났을 때 김수환 추기경이 나타나 비행기 좌석을 한 바퀴 돌면서 신자들에게 인사했습니다. 보잉 747 여객기는 거의 대부분 천주교 신자들로 가득 찬 상태였지요. 한국 천주교의 두 번째 추기경으로 임명된 정진석 추기경의 서임식에 참석하기 위해 길을 나선 신자들이었습니다. 마침 이 비행기에는 김수환 추기경도 함께 탑승했던 것이지요.

1등석 자리로 돌아가는 김 추기경을 뒤따라가 몇 마디 간단한 인터뷰를 할 수 있었습니다. 김 추기경은 우선 자신이 겪은 '스트레스'

를 은연중에 토로했습니다.

"(서울대교구장 은퇴 후인) 2001년과 2003년 추기경 서임 명단에 한국이 빠져서 말은 못 했지만 상당히 섭섭했었습니다"라고 속내를 털어놓았습니다. 특히 "2003년 추기경 발표에서 한국이 빠졌을 때는 정말 섭섭했습니다"라며 "교황 유고(有故) 때 콘클라베에 제가 참석 못할 처지라 더욱 그랬습니다"라고도 했습니다.

김 추기경은 비행기 1등석 제일 앞자리에 앉고 필자와 가톨릭평화신문 기자는 약 1미터 거리의 바닥에 앉아 약 10여 분간 주고받은 대화. 거기서 필자가 느낀 것은 진심 어린 김 추기경의 '안도의 한숨'이 었습니다.

우리 국민 대부분이 추기경이 무슨 일을 하는 사람인지는커녕 '추기경'이란 단어조차 생소하던 1969년, 한국 최초의 추기경으로 임명된 이후 37년이 지난 때였습니다. 1998년 서울대교구장에서 은퇴했고, 2002년엔 만 80세가 넘어 새 교황을 선출하는 콘클라베에도 참여할 수 없는 상황에서 후임 추기경이 임명되지 않고 있는 곤혹스러움, 그 난처함은 아마도 김수환 추기경 외에는 아무도 몰랐을 것입니다.

혜화동 비서실에 쌓인 인터뷰 신청서

저로서는 이 기내 인터뷰가 김 추기경과의 사실상 처음이자 마지막인 대면 인터뷰였습니다. 제가 조선일보에서 종교를 담당하게 된

것은 2003년 가을이었습니다. 김 추기경은 이미 은퇴 추기경이셨지요. 저 역시 일반 국민들이 김 추기경에 대해 아는 만큼만 알고 있었습니다. 그런데 그분에 대해 더 잘 알 수 있는 기회가 좀처럼 생기지 않았습니다. 김 추기경은 은퇴 이후에는 '혜화동 할아버지'로 살면서 거의 대외활동을 하지 않았습니다. 여러 기자들이 함께 질의응답하는 기자회견이나 기자 간담회 기회도 없었습니다. 돌이켜보면, 철저히 은퇴자로서 발언이나 행동을 삼가고 현직이 앞에 나설 수 있도록 배려한 것이라고 생각합니다.

김 추기경으로선 겸손하고 사려 깊은 은퇴 생활이었겠지만 종교

담당인 저로서는 천주교계의 대표적 어른을 만나지 못하니 답답했습니다. 종교 지도자로서뿐 아니라 사회의 어른으로서 김수환 추기경의 목소리를 듣고 싶어서 여러 차례 혜화동 주교관을 찾았습니다. 대한민국의 한 시대를 만들고 열어온 거인의 육성을 듣고 싶었습니다. 과거의 주요 사건 당시 상황과 현재 벌어지고 있는 일들에 대한 고견, 그리고 미래에 대한 권고 등을 듣고 독자들에게 전하고 싶었습니다.

그런 마음을 담아 서류 봉투에 인터뷰 요청서와 질문지를 넣어 찾아가 경비실에서 비서실로 전화를 드리면 비서수녀님이 때론 현관으로 나오시고, 때론 전화로 "잘 전달해 드리겠다. 추기경님 말씀이 있으면 바로 알려 드리겠다"고 했습니다. 그러나 번번이 감감무소식이었습니다.

그렇게 조용히 지내던 김 추기경이 느닷없이 뉴스에 뜨겁게 호출된 적이 있습니다. 2004년 천주교정의구현전국사제단 고문 함세웅 신부가 "김 추기경은 시대착오적"이라고 비판한 것이지요. 함 신부는 당시 "김 추기경은 시대의 징표를 잘못 읽고 있다. 김 추기경께 정보를 건네주는 분들의 한계"라고도 말했습니다.

그 무렵 김 추기경은 노무현 대통령의 탄핵 문제를 두고 "국론이 분열돼선 안 된다"고 발언한 적이 있는데, 함 신부는 이 발언을 비판한 것이었지요. 당시까지 일반인들은 김 추기경이 1970년대 정의구현사제단으로 대변되는 천주교 내 민주화운동의 최대 후원자로 알고 있었기에 함 신부의 발언은 충격적이었습니다.

"비판한 분들께 감사드립니다."

보통 사람 같으면 화가 나거나 섭섭할 법도 했지만 김 추기경의 대응은 달랐습니다. 한 달쯤 후 김 추기경은 동국대 초청강연을 하게 됐습니다. 이 자리에서 자연스럽게 관련 질문이 나왔습니다. 당시 저도 현장에 있었습니다. 김 추기경은 빙그레 웃으시더니 자신을 비판한 함세웅 신부와 손석춘 당시 한겨레신문 논설위원 등에 대해 "고맙다"고 했습니다.

"지금까지 너무 칭찬 말씀만 듣고 살아서 은근히 걱정하고 있었습니다. 하느님께 나아갔을 때 하느님이 '너는 세상에서 들을 칭찬 다 들었어. 내가 너에게 해 줄 칭찬은 없어'라는 말씀 들을까 봐 말이죠. 그런 비판한 분들께 감사드립니다."

이 강연에서 김 추기경은 자신의 이념적 색깔에 대한 질문을 받고 "조금 보수적"이라고도 했지요. "우리 헌법에 통일은 자유민주주의를 기틀로 해야 한다는 조항이 있으며 자유민주주의를 희생시키는 통일은 바른 일이 아니라고 본다. 어떤 방식으로라도 통일이 돼야 한다고 생각하고 그것을 진보라고 생각한다면 저는 보수"라고 말했습니다.

당시 사회적으로 갈등이 심했던 사립학교법 개정, 국가보안법 폐지 등의 문제에 대해서도 반대 입장, 즉 보수적 입장을 밝히기도 했지요.

저는 당시 논란과 김 추기경님의 발언을 들으며 '역시 시대의 거인'이라는 생각을 했습니다. 1970~80년대 민주화운동이 한창일 때에는 보수 쪽의 비판을 받았고, 막상 민주화가 이뤄진 이후에는 진보 쪽의 비판을 받는 모습에서 역사의 아이러니를 느꼈습니다. 그렇지만 그 사이 김 추기경이 변한 것은 아니었다고 생각합니다. 어찌 보면 김 추기경은 한 자리에 변함없이 서 있는데 평가하는 사람들의 잣대가 움직인 것 아닌가 합니다. 그럼에도 김 추기경은 변함없이 빙그레 웃으며 "고맙다"고 하시고요.

2006년 로마행 비행기 안에서 김 추기경이 '묵은 추기경'이란 표현을 썼을 때 저는 '이제 세상 사람들 관심에서 좀 잊혀졌으면……' 하는 마음이 느껴졌습니다. 1969년 첫 추기경으로 임명된 후 무슨 일이 있을 때마다 당신의 입을 쳐다보는 시선이 얼마나 부담스러웠을까요. 평생 김 추기경을 괴롭힌 불면증과 변비가 어디서 비롯됐는지 알 것 같았습니다.

취재 때마다 만난 김 추기경 그림자

이 정도가 먼발치에서 제가 보았던 김 추기경의 모습입니다. 그러나 저는 직접 인터뷰는 하지 못했지만 취재 현장에선 항상 김 추기경의 그림자를 밟고(?) 다녔습니다.

종교담당 기자는 각 종교가 설립하고 운영하는 사회복지시설을 취재할 경우가 많습니다. 천주교 시설의 경우, 저는 가는 곳마다 김 추기경의 발자취가 없는 곳을 거의 보지 못했습니다.

대표적인 곳이 서울 영등포역 인근의 '요셉의원'입니다. 아시는 분이 많겠지만 이 병원은 행려병자들을 무료로 치료해주는 병원입니다. 이 병원 초기부터 참여해 헌신적으로 봉사한 의사 선우경식 원장은 정작 자신의 건강을 챙기지 못해 암으로 세상을 떠나셨지요. 2007년 요셉의원 창립 20주년 기념식 때였습니다. 김 추기경은 기념식에 참석할 예정이었습니다. 그러나 당시에 이미 김 추기경의 건강상태는 아침저녁이 다를 정도로 예측하기 어려웠습니다. 당일 아침까지도 참석하려 했으나 갑작스레 취소하고 축전을 보내왔던 것입니다. 축전 내용은 특별하지 않았지만 김 추기경이 얼마나 요셉의원을 아꼈는지는 충분히 짐작할 수 있었습니다.

미국 출신 고(故) 도요안 신부가 노동사목 분야 개척을 권유한 것도 김수환 추기경이었습니다. 김 추기경은 1970년 평화시장 노동자 전태일 씨가 분신한 사건 이후 서울대교구에 노동사목위원회를 설립하고 도 신부가 노동사목 분야를 개척하도록 지원했습니다.

서울 금천구 시흥동에서 47년째 가난한 이들을 위한 병원, 호스피스센터, 복지관, 약국을 운영하는 '전진상의원'도 김수환 추기경의 권유로 시작됐습니다. 벨기에 출신으로 국제가톨릭형제회 독신 회원인 배현정 원장 등은 한국에 파견된 후 소록도 등에서 봉사하고 싶었습니다. 그렇지만 1970년 개통된 경부고속도로를 타고 시골에서 서울로 올라오는 이삿짐 트럭 행렬을 본 김 추기경은 의견이 달랐습니다. 시골보다 서울로 올라온 가난한 이웃을 걱정해 시흥에 병원을 열도록 권했다는 것입니다.

그 밖에도 제가 취재한 거의 모든 천주교 사회복지시설 사진 앨범에는 김수환 추기경과 함께 촬영한 사진이 있었습니다. 그것도 어쩌다 한 번 방문해 기념 촬영한 것이 아니라 거의 매년 김 추기경이 찾아와 현황을 듣고 어려운 점을 묻고 식사한 후에 함께 촬영한 사진들이었습니다. 하도 이런 모습을 많이 만나다 보니 '도대체 김 추기경의 발길이 닿지 않은 곳은 어딘가' 싶을 정도였습니다.

2009년 2월 16일, 인도에서 서울로

"우리 이러고 있을 때가 아니잖아요? 빨리 귀국해야 하는 것 아닌가요?"

버스가 휴게소에 들렀을 때 본사와 전화통화를 하고 온 한 기자가 외쳤습니다. 다들 영문을 몰라서 어리둥절해하고 있자 그 기자는 비보(悲報)를 알려줬습니다. "김수환 추기경이 돌아가셨답니다."

다들 난감했습니다. 뉴스를 들은 장소가 한국이 아니라 인도였기 때문입니다. 당시 일간지 종교담당 기자들은 조계종 주최로 스님들과 함께 부처님 탄생지부터 열반한 곳까지 이른바 8대 성지를 순례

중이었습니다. 부처님 성지는 인도와 네팔에 걸쳐 흩어져 있고 가난한 지역이 많아 교통과 통신이 원활하지 못했습니다. 김 추기경 선종 소식을 들었을 때는 일정의 절반 정도를 소화했을 때였습니다.

기자들은 인도 성지순례를 기획한 조계종 측에 심심한 양해를 구하고 귀국길에 나섰습니다. 그곳에서 출발해 델리까지 비행기를 타고 나와 하루를 자고 다시 비행기를 타고 빈소가 차려진 서울 명동대성당까지 꼬박 이틀은 걸렸던 것으로 기억합니다.

대부분 종교담당 기자들은 김 추기경의 부음기사를 미리 써놓았습니다. 저도 2~3페이지 분량의 기사와 사진을 준비해놓고 인도 출장을 떠난 길이었습니다. 앞서 요셉의원 이야기에서도 말씀드렸듯이 김 추기경이 그 이전부터 입원과 퇴원을 반복할 정도로 건강이 좋지 않았기 때문입니다. 기자들이 귀국하기 전에는 미리 써놓은 기사들이 신문에 실려 있었습니다. 사실 기자들은 귀국하면 이틀이 지난 상황이기 때문에 추모 열기가 많이 식어있을 줄 알았습니다.

그러나 귀국해서 보니 상상도 못 했던 광경이 펼쳐져 있었습니다. 명동성당 일대에선 기적, 신드롬이 벌어지고 있었습니다. 김 추기경의 시신을 안치한 명동성당에서 시작된 추모 줄은 끝이 보이지 않을 정도였습니다. 명동성당과 가톨릭회관을 지나 남산1호터널 앞까지 이어지고 있었습니다. 궂은 날씨에도 불구하고 말이지요. 명동의 상인들은 추모객들을 위해 화장실을 무료로 이용할 수 있도록 하는 등 모두가 한마음으로 김 추기경 선종을 추모하고 있었습니다.

상본 표지로 인쇄된 추기경 사진

귀국하자마자 명동성당에서 기사 마감 중에 우연의 일치처럼 김 추기경 비서수녀께 전화가 왔습니다. 장례미사용 상본을 위해 사진을 고르다 보니 조선일보 사진기자가 촬영한 사진의 표정이 가장 좋다고 하시며 사진을 구할 수 있느냐 물으셨습니다. 데이터베이스를 뒤져서 수녀님이 지목한 사진을 찾다가 내심 놀랐습니다. 정말 편안한 얼굴로 미소 짓고 있는 김 추기경의 사진은 요셉의원을 방문했을 때의 모습이었습니다. 저도 여러 차례 요셉의원을 취재했지만 솔직히 병원 특유의 약 냄새와 행려환자들 특유의 체취가 쉽게 익숙해지지 않았습니다. 그러나 김 추기경은 가장 어려운 사람들과 함께했을 때 가장 편안한 표정이 자연스럽게 나온 것이지요. 김 추기경이 추구했던 성직자의 삶이 어떤 것이었는지 웅변하는 듯했습니다.

저는 사진을 저장한 USB를 들고 혜화동 주교관을 찾아 수녀님께 전해드렸습니다. 비서수녀는 그동안 하도 제 인터뷰 요청을 거절한 미안함 때문인지 그날은 유품을 정리하는 뒷모습 촬영을 허락해주셨습니다. "물 한 잔을 드려도 '고맙다'고 인사하시곤 했다"며 김 추기경님의 마지막 모습도 전해주셨습니다. 환하게 미소 짓는 김 추기경 사진은 상본 표지로 잘 인쇄되어 조문객들에게 배포됐습니다.

기적은 이어졌지요. 장기기증 등록자가 기록을 세우고 '바보의 나눔'에도 기부의 손길이 이어졌습니다. 김 추기경의 마지막 유지 '고맙습니다' '서로 사랑하세요'는 시나브로 국민들 사이에 스며들었습니다.

장례기간 추모객 가운데는 천주교 신자가 아닌 분이 더 많은 듯했습니다. "왜 나오셨느냐?"고 물었습니다. "그냥 와봐야 할 것 같았다"는 답이 많았습니다. 왠지 김 추기경 빈소에 조문하는 것이 국민으로서 도리라는 마음으로 나온 것 같았습니다.

그 대답에서 우리 곁에 다녀간 성자, 김 추기경 삶의 크기와 무게를 느낄 수 있었습니다. 참으로 좋은 마무리(善終)가 아닐 수 없었습니다.

김수환 추기경 연보

<table>
<tr><td>1922.5.</td><td>대구시 남산동에서 출생</td></tr>
<tr><td></td><td>김영석(요셉)과 서중하(마르티나)의 5남 3녀 중 막내</td></tr>
<tr><td>1929</td><td>군위 보통학교 입학</td></tr>
<tr><td>1933</td><td>대구 성유스티노 신학교 예비과 입학</td></tr>
<tr><td>1935</td><td>서울 동성상업학교 을조(소신학교) 입학</td></tr>
<tr><td>1941.3</td><td>서울 동성상업학교 졸업</td></tr>
<tr><td>1942.9</td><td>일본 조치(上智) 대학 문학부 철학과 입학</td></tr>
<tr><td>1944.1</td><td>학병 입대</td></tr>
<tr><td>1946.12</td><td>귀국</td></tr>
<tr><td>1947.9</td><td>성신대학(현 가톨릭대학교 신학대학) 편입</td></tr>
<tr><td>1951.9</td><td>대구 대목구 소속으로 사제 수품</td></tr>
<tr><td>1951.9~1953.4</td><td>안동성당 주임 신부</td></tr>
<tr><td>1953.4</td><td>대구 대목구장 비서, 대목구 재경부장, 해성병원 원장</td></tr>
<tr><td>1955.6~1956.7</td><td>김천성당 주임신부</td></tr>
<tr><td>1955.10~1956.3</td><td>성의중, 종합고등학교 교장</td></tr>
<tr><td>1956.10~1963.11</td><td>독일 뮌스터 대학에서 신학 사회학 전공</td></tr>
<tr><td>1964.6~1966.4</td><td>가톨릭시보사(현 가톨릭신문사) 사장</td></tr>
<tr><td>1966.2.</td><td>초대 마산교구장 서임</td></tr>
</table>

1966.5.	주교 수품 및 착좌식
1967.6	주교회의 매스컴위원장에 선임
1968.1.	강화 삼도직물 사건 진상 조사차 강화성당 방문
1968.4.	서울 대교구장에 서임
1968.5.	대주교 승품, 제12대 서울대교구장 착좌식
1968.10.	병인박해 순교자 24위 시복식 참석(로마)
1969.4.	추기경 서임 발표
1970.10	주교회의 의장으로 선출
1971.3	아시아 주교회의 상임위원장에 선출
1971.12.	성탄 미사 강론서 대통령 비상대권 비판
1972.8.	7.4 남북공동성명과 8.3 긴급조치에 관한 교회 입장을 밝히는 '현 시국에 부치는 메시지' 발표
1973.12	헌법개정청원운동본부 발기에 참여
1974.2	서강대학교 명예 문학박사 학위
1974.7	지학순 주교 구속 관련 박정희 대통령 면담
1975.6	평양교구장 서리로 임명
1976.3	명동 3·1절 기도회 사건
1978.4	동일방직 사건 관련 기자 회견

1978.7	'전주 7·6사태' 수습 차 전주 방문
1979.8	오원춘 사건 진상규명 특별 기도회
1980.1	전두환 보안사령관 내방
1980.5	광주 민주화운동 평화적 해결을 위한 시국성명 발표
1980.7	'광주시민의 아픔에 동참하며' 시국담화 발표
1981.9	조선교구 설정 150주년 기념행사
1983.8	난지도에서 미사 집전
1983.9	한국 천주교회 순교자 현양대회
1984.5	교황 요한 바오로 2세 빙한 수행
1984.5	한국 천주교회 200주년 기념 신앙대회 및 103위 시성식
1985.8	학원안정법 제정 반대 입장 표명
1986	동아일보 제정 '올해의 인물'로 선정
1987.4	교구 자문기구로 '도시빈민 사목위원회' 설치
1988	'한마음 한몸 운동' 시작
1989.10	제44차 세계 성체대회(여의도 광장)
1992	동유럽 5개국 교회 방문
1992	민족의 화해와 일치를 위한 미사
1993.7	소록도 방문
1994.2	외국인노동자를 위한 최초 미사
1995.2	서울대교구 민족화해위원회 발족
1995.6	미사 중 명동성당 공권력 투입 비판 강론

1995.7	한일과거사청산 범국민운동본부 공동의장 선임
1997.1	정리해고 입법화 반대 입장 표명
1997.6	환경운동연합 고문, 우리민족 서로 돕기 운동본부 고문
	한민족 복화 추진본부 총재 선임
1997.12	경제난국 극복을 위한 기도와 실천 요청
1998.5	서울 대교구장과 평양교구장 서리 사임
1999.4	'자녀 안심하고 학교 보내기 운동 국민재단' 초대 이사장 취임
2000.5	심산상 수상
2001.1	독일연방공화국 대십자 공로훈장 받음
2001.5	사단법인 과학사랑 나라사랑 상임대표 취임
2003.1	낙태 반대 등을 위한 '생명 31운동' 홍보대사
2005.4	교황 베네딕토 16세의 즉위미사(로마) 공동집전
2005.5	성가정입양원 방문, 길상사 '석가탄신일 음악회' 참석
2006.7	금란교회 교회일치 행사 참석
2006.2	정진석 추기경 서임 발표 축하(서울대교구청 주교관)
2006.10	경향잡지 창간 100주년 행사 참석 (천주교 중앙협의회)
2007.3	평양교구 80주년 미사
2007.3	가톨릭신문사 80주년 미사
2007.10	동성고 100주년 기념 특별전시회 - 드로잉 14점 출품
2009.2	선종

이 책을 만든 사람들 <small>(게재순)</small>

현인아 | 라파엘라, MBC 보도국 기후환경팀 기자 대학 2학년 때 통역자로 김수환 추기경을 가까이 뵙는 행운을 누렸다. 1997년 MBC에 기상캐스터로 입사해 2018년 공중파 최초 여성 기상팀장 겸 기상전문기자가 되었다. 이화여대 신문방송학과를 졸업하고 한양대에서 석사 학위를 받았다.

김후호정 | 파비올라, 경향신문 기자 경북 영양 출생. 아들을 바라던 부모님은 내 이름을 '후남'이라 지었다. 비인권적인 이름을 버리고 얼마 전 '후호정'으로 개명했다. 대구 원화여고와 가톨릭대학교를 졸업했다. 1986년 경향신문에 들어가 지금까지 근무하고 있다. 어쩌다 기자가 되고 어쩌다 가톨릭신문출판인협회(CJPA) 회장(2020~2021년)을 맡아 어쩌다 보니 이 글을 쓰게 됐다.

허영엽 | 마티아, 천주교서울대교구 신부 1984년 사제 수품. 서울대교구 본당 사목과 성서못자리, 교구 홍보실장, 홍보국장, 교구장 수석 비서를 거쳐 현재 홍보위원회 부위원장 겸 교구 대변인 역할을 하고 있다. 성경에 관한 원고들을 독자들이 이해하기 쉽고 재미있게 쓰는 것으로 유명하다. 저서로 『지혜로운 삶을 위한 묵상』, 『말씀을 따라서』(구약 편, 신약 편), 『성서의 인물』(구약 편, 신약 편) 등 다수.

류철희 | 바오로, 전 충남부지사 충남 부여 출생. 중앙대학교 법학과를 졸업하고 서울신문 기자로 활동하며 사회부장으로 일했다. 이후 공직에 투신해 제주도 부지사, 천안시장, 충남행정·정무부지사를 두루 거쳤다. 퇴임 뒤 충남 도장학회 이사장, 백강회 회장으로 봉사했다.

송란희 | 가밀라, 한국교회사연구소 연구이사 중국과 바티칸 특별전, 서울대교구역사관 Pre-개관전, 서소문성지역사박물관, 수원가톨릭대학교 역사관, 대구 관덕정순교기념관, 제주 김기량순교기념관의 전시를 기획·연출하였다. 가톨릭평화방송에서 '이 한 장의 사진'을 진행했으며, 김수환 추기경 유물 자료집, 정진석·염수정 추기경의 사진집을 기획하고 출판했다.

김승월 | 프란치스코, 2022시그니스세계총회 집행위원장 MBC 라디오 PD로 일하며 ABU상(아시아태평양방송연맹상)을 5회, 한국방송대상 라디오 작품상을 4회 수상했다. 인하대학교 겸임교수이며, 시그니스아시아 이사로 오는 8월 한국에서 열리는 2022시그니스세계총회를 준비하고 있다.

주정아 | 스텔라, 가톨릭신문 편집부국장 서울 출신으로 대학에서 문학과 신문방송학을, 대학원에서 생명문화학을 공부했다. 1999년 가톨릭신문에 취재기자로 입사해 다양한 세상살이와 그 안에서 누리는 하느님 사랑을 폭넓게 전하고자 노력 중이다. 취재팀장을 거쳐 현재 편집부국장 겸 영상팀장을 맡고 있다.

정 민 | 안드레아, 한국언론진흥재단 경영기획실장 서울 출생. 건국대학교 철학과를 졸업하고 고려대에서 신문방송학 석사학위를 받았다. 김수환 추기경이 사랑한 언론인 故 정달영의 둘째아들로 선친이 남긴 글과 자료를 소중히 간직하고 있다. 현재 한국언론진흥재단 경영기획실장으로 재직 중.

김지영 | 이냐시오, 전 경향신문 편집인 경향신문사 편집국장·편집인을 역임했다. 국제앰네스티 한국지부 이사, EBS 이사, 한국신문윤리위원, 가톨릭언론인협의회장 직을 거쳤으며 세명대 저널리즘스쿨과 동국대 등에서 저널리즘을 강의했다. 저서 『피동형기자들』(2011, 효형출판)이 있다.

최홍운 | 베드로, 언론중재위원회 부위원장 서울신문 편집국장 역임. 경북 영천 출생으로 사제가 되기 위해 신부 수업을 받다가 신문 기자가 되었다. 말씀으로 세상을 구하는 교회와 진실로 써 세상을 이끄는 언론의 사명이 같다고 믿고 진로를 바꿨으나 그 사명을 제대로 수행하지 못해 매일 반성하며 살아간다.

김성호 | 빈첸시오, 한국 방송역사학자 충남 당진 합덕 출신으로 KBS에서 아나운서와 PD로 일하고 KBSi 대표이사를 지냈다. 가톨릭방송인협회장 역임 후, 가톨릭언론인협의회장 재임 시 언론인신앙학교를 창설했다. 언론학 박사로서 서울대, 서강대, 가톨릭대, 서울과기대, 광운대 등에서 강의했다. 광운대 미디어영상학부 교수, 정보콘텐츠대학원장 등을 역임했으며 저서로 『한국 방송기자 통사』(2014, 21세기북스) 등 20여권이 있다.

이 책을 만든 사람들

김민수 | 이냐시오, 서울대교구 상봉동성당 주임신부 1985년 사제 수품. 미국에 유학, 매스컴 박사 학위를 땄다. 가톨릭평화방송 주간 신부, 한국천주교주교회의 매스컴위원회 총무를 지냈고, 불광동성당, 청담동 성당 등 여러 본당을 거치면서 사목현장 체험을 통해 문화사목 분야의 전문가로 활동 중. 저서로『디지털 시대의 문화 복음화와 문화사목』,『행복한 사람들』,『문화를 읽어주는 예수』등 다수.

 김정동 | 사도요한, 가톨릭독서아카데미 상임고문 가톨릭출판인회의 회장, 포콜라레운동 회원. 서교출판사 대표로 2006년 가톨릭매스컴상 출판부문상, 2015년 중국 정부가 주는 고마운 한국인상을 수상했다. 스테디셀러 돈 까밀로 시리즈를 출간해 이탈리아 상무성으로부터 번역작품상을 받았다.

 고계연 | 베드로, 서울경제 기자 1989년 서울경제에 입사, 편집기자로 올해 정년퇴직을 앞두고 있다. 가톨릭교리신학원에서 새롭게 배움의 길을 걷고 있으며 가톨릭신문에 '신앙인의 눈' 칼럼을 기고하고 있다. 가톨릭 신문출판인협회 회장, 가톨릭언론인협의회 회장으로 봉사했다.

 남영진 | 야고보, KBS 이사장 충북 영동 출생. 1982년 한국일보 기자로 들어가 한국 기자협회 회장, 미디어오늘 사장, 국제앰네스티 한국지부 이사장, 방송광고공사 감사를 지내고 2021년 9월 KBS 이사장에 취임했다. 김수환 추기경이 설립한 한마음한몸운동본부 이사로 10년 넘게 봉사하고 있다.

 김재홍 | 사도요한, 시인·문학평론가 시집『메히아』,『다큐멘터리 의 눈』,『주름, 펼치는』을 냈다. 2017년 박두진문학상 젊은시인상을 수상했다. MBC 문화사업국 PD로 일했고, 현재 한국평협이 내는『평신도』편집장과 한국 시인협회 사무총장을 맡고 있다.

이재선 | 마리 사피엔자, 성바오로딸 수녀회 수녀 2001년 다큐멘터리 '김수환 추기경의 삶과 사랑' 제작에 참여했다. 해외 선교사로 일했으며, 오랫동안 바오로딸 출판사가 혜화동에서 운영하는 혜화나무 북카페에서 근무하고 있다.

 이 힘 | 필로메노, 가톨릭평화방송 보도제작부장 서울 출생. 중앙대학교 사진학과를 졸업하고 2006년 가톨릭평화방송·평화신문(CPBC)에 입사해 막내 기자로 김수환 추기경과 보낸 마지막 3년이 지금도 생생하다. 2014년 8월 프란치스코 교황 방한 특별취재팀에서 일했고, 현재 보도제작부장으로 일한다.

 김한수 | 조선일보 문화부 기자 자타가 알아주는 종교전문기자. 1991년 조선일보에 입사해 문화부 기자로 일하고 있다. 2003년부터 종교담당 전문기자로 일하면서 종교는 없지만 종교인처럼 산다는 말을 듣는다. 저서로는 『우리 곁의 성자들』, 『종교, 아 그래?』가 있다.

사람에게 행복을 주는 김수환 추기경 이야기

우리 곁에
왔던 성자

초판 1쇄 인쇄 | 2022년 4월 28일
초판 2쇄 발행 | 2022년 6월 20일

지은이 | 김성호 외
펴낸이 | 김정동
기획 | 가톨릭커뮤니케이션협회
편집 | 김승현

펴낸곳 | 서교출판사
주소 | 서울시 마포구 성지길(합정동) 25-20 덕준빌딩 2F
전화 | 02 3142 1471
팩스 | 02 6499 1471

이메일 | seokyobook@gmail.com
블로그 | http://blog.naver.com/seokyobooks
홈페이지 | http://seokyobook.com
인스타그램 | http://instagram.com/seokyobooks
ISBN | 979-11-89729-73-8 (03810)

* 사진제공 | 한국교회사연구소 가톨릭 CPBC 평화신문·평화방송 가톨릭신문 서울대교구 문화홍보국 포콜라레
* 이 책에 들어간 사진 작품은 대부분 저작권자의 사용 허락을 받았습니다.
그러나 일부는 저작권자의 회신을 받지 못해 출처를 명기하고 사용했습니다.
추후 저작권자에게 연락이 오면 적법한 절차를 진행하겠습니다.

서교출판사는 독자 여러분의 투고를 기다리고 있습니다. 출판 관련 원고나 아이디어가 있으신 분은
seokyobook@gmail.com으로 간략한 개요와 취지 등을 보내주세요. 출판의 길이 열립니다.

* 잘못된 책은 바꾸어 드립니다.
* 책값은 뒷표지에 있습니다.